少年飞花令

超级飞花

如◎编著

梨花风起正清明

北方文艺出版社

图书在版编目（CIP）数据

梨花风起正清明 / 宋琬如编著 . -- 哈尔滨：北方
文艺出版社，2020.10

（少年飞花令）

ISBN 978-7-5317-4844-1

Ⅰ．①梨… Ⅱ．①宋… Ⅲ．①古典诗歌－诗歌欣赏－
中国－少儿读物②词（文学）－诗歌欣赏－中国－古代－少
儿读物 Ⅳ．① I207.2-49

中国版本图书馆 CIP 数据核字（2020）第 143895 号

梨花风起正清明

LIHUA FENGQI ZHENG QINGMING

编　著 / 宋琬如

出 版 人 / 薛方闻　杨　晶

责任编辑 / 王丽华　　　　　　　　封面设计 / 周　正

出版发行 / 北方文艺出版社　　　　网　址 / www.bfwy.com
邮　编 / 150008　　　　　　　　经　销 / 新华书店
发行电话 / （0451）86825533　　 地　址 / 哈尔滨市南岗区宣庆小区 1 号楼

印　刷 / 艺堂印刷（天津）有限公司　开　本 / 680×915　1/16
字　数 / 100 千　　　　　　　　　印　张 / 8
版　次 / 2020 年 10 月第 1 版　　　印　次 / 2020 年 10 月第 1 次印刷

书　号 / ISBN 978-7-5317-4844-1　定　价 / 25.60 元

序言

彭敏

　　如果要用一个词来形容诗词对孩子的人生所起的作用，我认为是"点亮"。大文豪苏轼说得好："腹有诗书气自华。"读诗词和不读诗词，真的是两种完全不同的童年。美丽动人的诗词，会点亮一个孩子的人生，让他的灵魂像大海一样辽阔且丰盛。那些抑扬顿挫的韵律和百转千回的情思，会给孩子的想象力插上一对巨大的翅膀，让他们能够跨越浩瀚时空，去和李白、杜甫、苏轼这些伟大的灵魂执手言欢，促膝长谈。

　　《中国诗词大会》的热播，在全中国的孩子们当中掀起了一股读诗词、背诗词的热潮，飞花令游戏也风靡一时。常见的诗词选本都是按照诗人所处年代的时间顺序来编排，"少年飞花令"这套书却独辟蹊径，以飞花令为切入点，选取诗词中经常出现的常见字及组合进行编排，让孩子在阅读经典诗词的同时，还能遍览飞花令的诸多玩法，既提升了诗词储备量，也在无形中练就了飞花令的"绝技"。为了不让持续阅读的过程流于枯燥疲累，书中插入了许多趣味小故事，让诗人的形象变得更加丰富立体，不时还会有趣味诗词游戏，寓教于乐，劳逸结合，这样的阅读体验着实令人心旷神怡。

　　诗词是中国人的文化原乡，孩子们的精神沃土。愿天下喜爱诗词的孩子，都能从这套书里拥抱诗词的美好，感悟人生的真谛！

（彭敏，第五季《中国诗词大会》总冠军，中国作家协会《诗刊》社编辑部副主任）

　　春城飞花时，秋篱雨落后，携一缕诗香，在流年中漫步，便是人生最美的遇见。读诗，读史；读词，读人。展卷阅诗词，不知不觉，便已将世间风景阅遍。无论辗转多少岁月，诗词的纯净至美都足以令人陶醉感怀。花前对月，泪里梧桐，栏杆斜倚，柳下松风，咏不尽的风物，诉不尽的真情；云涛晓雾，暗香蛙鸣，沧海渺渺中，自见壮怀山水。

　　飞花令，古代文人墨客宴饮时常行的一种助酒雅令。古往今来，有不少流传千古的名章佳句都是在行飞花令时即兴创作而得。俯仰上下，想到那时的盛况，纵然不能目睹，也能想见时人的文采风流、才思机敏。

　　读诗览胜，对词怀古，人生最美的旅行，便是乘诗词之舟，跨越千年，与名人雅士来一场穿越时空的邂逅。为此，我们精心遴选了历代诗词大家的经典之作，以飞花令的形式，为青少年读者量身定制了这套"少年飞花令"。

　　我们徜徉在诗词胜境中，既能看春夏秋冬四时之绚烂、观风霜雨雪各自妙景，又能品梅兰竹菊无双淡雅、阅鱼虫鸟兽自然性灵，不知不觉，便已沉醉其中。诗词千般，卷帙浩繁，不一样的格律、不一样的感喟，述的却是同一段历史、同一种悠情。

　　成人读诗，读的是人生；少年读诗，读的则是趣味，是品格，是志向。万里长天共月明，飞花有时最情浓。飞花令里读诗词，浮沉过往，让少年感知历史，鉴阅人生，以古知今，培一种性情，养一段雅趣。

玩转飞花令

♪古代飞花令

　　飞花令其实是中国古代一种喝酒时用来罚酒助兴的酒令，"飞花"一词出自唐代诗人韩翃的《寒食》中的"春城无处不飞花"一句。该令属雅令。一般来说，行令时选用的诗句不仅必须含有相对应的行令字，而且对该行令字出现的位置同样有着严格的要求。行令时首选诗和词，也可用曲，但一般不超过七个字。例如：

> 花开堪折直须折（"花"在第一字）
> 落花人独立（"花"在第二字）
> 感时花溅泪（"花"在第三字）

以此类推。可背诵前人名句，也可即兴创作。当作不出、背不出诗或作错、背错时，则由酒令官命其喝酒，算是一个小小的惩罚。

　　当然，"飞花令"并不局限于"花"字，诸如"月""酒""江"等经常在古诗文中出现的字都可以成为"飞花令"的行令字。

♪超级飞花令

　　历经时代变迁，飞花令在岁月流转中，演绎出了不同的玩法。超级飞花令便是其中的一种。它要求行令时一句或相邻的两句诗词中含有给定的主题词，对主题词出现的位置没有要求。以主题词是"时间"为例：

> 阴阳割昏晓
> 昨夜星辰昨夜风
> 罗衾不耐五更寒

以此类推。玩法较古代飞花令更加灵活，可以让孩子和大人一起参与，共同感受流传千古的诗词经典之美。让诗词在历史长河中熠熠生辉，影响一代又一代的中国人。

目录

注：★为小学必背古诗词　★为初中必背古诗词

蒹葭①

《诗经·秦风》

蒹葭苍苍②，白露为霜。所谓伊人，在水一方。
溯洄③从④之，道阻⑤且长。溯游⑥从之，宛在水中央。

蒹葭萋萋⑦，白露未晞⑧。所谓伊人，在水之湄⑨。
溯洄从之，道阻且跻⑩。溯游从之，宛在水中坻⑪。

蒹葭采采⑫，白露未已⑬。所谓伊人，在水之涘⑭。
溯洄从之，道阻且右⑮。溯游从之，宛在水中沚⑯。

注 释

①蒹葭（jiān jiā）：芦苇。②苍苍：茂盛的样子。③溯洄（sù huí）：逆流向上游走。④从：跟随，追寻。⑤阻：险阻，艰险。⑥溯游：沿着河水朝下游走。⑦萋萋：指茂盛的样子。⑧晞（xī）：干。⑨湄（méi）：水和草交接的地方，指岸边。⑩跻（jī）：高而陡。

⑪坻（chí）：水中的小洲或高地。⑫采采：茂盛鲜明的样子。⑬已：止，这里的意思是"干，变干"。⑭涘（sì）：水边。⑮右：向右拐弯，这里是（道路）弯曲的意思。⑯沚（zhǐ）：水中的小块陆地。

译 文

河边芦苇茂盛，白露化成霜，有一位美好的人儿啊，在水的那一方。我想要逆流而上去追寻她，无奈道路漫长多艰险；我想要顺流而下去追寻她，她好像位于水的中央。

河边芦苇茂密，芦苇上的露水还没晒干，有一位美好的人儿啊，在河水的对岸。我想要逆流而上去追寻她，道路险阻难于攀登；我想要顺流而下去追寻她，她好像在水中的小洲上。

河边芦苇稠密，早晨的露水还没蒸发完，有一位美好的人儿啊，在遥远的水边。我想要逆流而上去追寻她，道路重重阻碍，迂回弯曲；我想要顺流而下去追寻她，她好像在水中的沙滩上。

赏 析

这是一首书写思慕、追求意中人而不得的诗，韵律朗朗上口，意象优美空灵，是《诗经》中一首脍炙人口的佳作。

全诗分为三章，重章叠句，反复吟咏，具有一唱三叹的艺术效果。每章都以蒹葭起兴，兴中带赋，描绘出一幅萧瑟清秋图：清秋之晨，河上秋水浩渺，河畔间芦苇苍苍，晶莹的露水凝结成霜。主人公伫立风中，能看到水中那一抹美丽的倩影，但无论他怎样努力追寻，伊人总是可望而不可即。从"白露为霜"，到"白露未晞"，再到"白露未已"，写的是时间的推移，暗示着主人公凝望追寻时间之久；从"在水一方"，到"在水之湄"，再到"在水之涘"，从"宛在水中央",到"宛在水中坻",再到"宛在水中沚",这是空间的转换,暗示着伊人的缥缈难寻;从"道阻且长",到"道阻且跻",再到"道阻且右",则是反复渲染追寻过程的艰难,以凸显主人公锲而不舍的精神。伊人在望,但任何的努力都是徒劳,空灵美妙的画面因为这层悲剧色彩更具有了打动人心的恒久力量,是以千百年来传唱不衰。

需要指出的是,诗中的"伊人"只是一个美好的意象,它可能是一位风华绝代的女子,也可能是一位超群绝世的男子;它可以是爱情,也可以是人们所追求的理想、自由、信仰。每个读者都可以用自己的生命体验来填充它,每个人都可以通过诵读这首诗来体验这种美和哀愁,这种具有广泛意义的美使得诗歌的生命力历久弥新、永不息止。

塞下曲①

[唐]卢纶

月黑雁飞高,单于②夜遁③逃。
欲将④轻骑⑤逐⑥,大雪满⑦弓刀。

注释

①塞下曲:汉乐府旧题,内容多为边塞征战的景象。②单于(chán yú):匈奴的首领。这里指入侵部队的统帅。③遁:逃跑。④将:率领。⑤轻骑:指轻装简从的快速骑兵。骑,古音读"jì",今音读"qí"。⑥逐:追赶。⑦满:落满,沾满。

译文

是夜，乌云遮月，四周漆黑一片，一片寂静之中突然有大雁振翅高飞，原来是单于率军夜行，想要逃走。英勇的将领急召精锐骑兵准备追赶，纷纷扬扬的大雪落在他们身上，也落在了他们身背的弓箭和大刀上。

赏析

《塞下曲》是卢纶出任河中元帅府判官时所作的一组边塞组诗，共六首，此为第三首。

这首诗风格雄劲，用极简的笔触描写出了一幅金戈铁马的边塞景象。诗由写景起笔，雪夜月黑，宿雁惊飞，交代出时间为冬季，并且透露出敌人开始行动，烘托了战前的紧张气氛。接下来人物登场，原来是匈奴军队夜逃，我军冒大雪追赶，雪落弓刀难掩其寒光，既用严寒的天气衬托出了边塞将士的艰苦，又充满了我军必胜的信念，壮阔豪迈，读来令人精神为之一振。

社交达人卢纶

卢纶青年时屡试不第，可以说他的人生与仕途都不顺利。但他很有诗才，唐大历年间，他与司空曙、李端、韩翃等人交游唱酬，诗名渐盛，一行人被称为"大历十才子"。卢纶擅长社交，他所交往的人物，有当时的宰相，还有大权在握的实权派人物。在他们的举荐下，卢纶入仕为官。

咸宁王浑瑊出镇河中后，召卢纶为元帅府判官。这一段军营生活，给卢纶提供了别样的诗歌素材，他的诗风变得粗犷雄放，极有生气。

诗词拾趣

邯郸^①冬至夜思家

[唐] 白居易

邯郸驿^②里逢冬至^③，抱膝灯前影伴身。
想得家中夜深坐，还应说着远行人。

注释

①邯郸：地名，在今河北省邯郸市。②驿：驿站。古代驿站既可传递公文、转运官物，也供过往官员途中歇息。③冬至：农历二十四节气之一，是冬季的第四个节气。

译文

冬至那天，我夜宿邯郸驿舍。夜静更深，我独对孤灯，抱膝而坐，只有影子陪伴在侧。想起远方的家人，他们此刻应该也正围坐灯前，谈论着我这个远行在外的人吧。

赏析

这是一首表现游子思家的诗作，全诗语言平实，感情却真挚动人。当时，白居易宦游在外，夜宿驿站，恰逢冬至佳节，想起往年全家团聚、热闹欢快的情景，再看看此刻的形单影只，诗人的孤独和惆怅油然而生。这首诗妙在不直接抒发自己的思念，而是笔锋一转，描写家人在牵挂、谈论自己。至于家人说什么，诗人并未写出，正所谓"言有尽而意无穷"，就好比画中的留白，给读者留下了无尽的想象空间。

谢中上人寄茶

[唐]齐己

春山谷雨前，并手①摘芳烟。
绿嫩难盈②笼，清和③易晚天。
且招邻院客，试煮落花泉④。
地远劳相寄，无来又隔年。

注释

①并手：齐手，合力。②盈：满。③清和：清明和暖。④落花泉：指泉水。

译文

谷雨之前，新茶萌芽，青山笼上了绿烟，人们一齐动手采摘新茶。天气清明和暖，大家采茶繁忙，但嫩绿的新茶叶芽稀少，有时忙活一天也难摘满一笼。谢谢你不远千里寄来的春茶，我烹水煮开，忍不住招呼邻居一起品尝。遗憾的是，我们又有一年没见过面了。

赏析

这是一首非常清雅的五言律诗，轻轻诵读，便如清茶入口，齿颊生香。作者齐己是一位格调高雅的诗僧，他收到远方朋友寄来的春茶，品茶怀人，遂作此诗。

诗作开篇点出了时间，为谷雨之前，接着徐徐展开一幅画卷——青山染绿，新茶如烟，人们忙着采摘。这幅画颜色明丽，动静相宜，"芳烟"两字用得尤其妙，新茶的柔嫩清香跃然纸上。三、四句描写新茶之稀少难采，突出茶之珍贵，从而凸显友人遥寄茶叶的深情厚谊。

第六句中诗人信手拈来"落花泉"一词，赋予了诗作一个柔美的意象，一层活泼的情趣。茶香入口，诗人忍不住想起远方久未相见的朋友，将一点遗憾、一点思念融入了这幅清丽的画卷，使整首诗如春茶般绵远悠长，韵味隽永。

"茶"字飞花令

中国的茶文化源远流长，茶在古人的诗词中也特别常见。

商人重利轻别离，前月浮梁买茶去。——［唐］白居易

昨日东风吹枳花，酒醒春晚一瓯茶。——［唐］李郢

井放辘轳闲浸酒，笼开鹦鹉报煎茶。——［唐］张蠙

休对故人思故国，且将新火试新茶。——［宋］苏轼

酒困路长惟欲睡，日高人渴漫思茶。——［宋］苏轼

矮纸斜行闲作草，晴窗细乳戏分茶。——［宋］陆游

寒夜客来茶当酒，竹炉汤沸火初红。——［宋］杜耒

白衣不至酒难赊，兀坐晴窗独饮茶。——［宋］喻良能

被酒莫惊春睡重，赌书消得泼茶香。——［清］纳兰性德

踏莎行①·雨霁②风光

[宋]欧阳修

雨霁风光，春分③天气，千花百卉争明媚。

画梁新燕一双双，玉笼鹦鹉愁孤睡。

薜荔④依墙，莓苔⑤满地，青楼几处歌声丽。

蓦然旧事上心来，无言敛皱眉山⑥翠。

🌿注释

①踏莎（suō）行：词牌名。②雨霁（jì）：雨过天晴。③春分：农历二十四节气之一。④薜荔：常绿藤本植物。⑤莓苔：青苔。⑥眉山：比喻女子秀丽的双眉。

🌿译文

雨过天晴，春分时节一派大好风光，无数花朵争奇斗艳。梁上归来不久的燕子双双飞来飞去，笼里的鹦鹉却形单影只，孤独入睡。

嫩绿的薜荔爬上了墙，青苔铺满了地，远处的歌楼妓馆传来清丽的歌声。突然想起美好的过往，女子秀眉轻蹙，一片愁云笼罩。

🌿赏析

欧阳修的这阕词以一歌女的口吻，描写其在一片旖旎春光中的孤独和惆怅。

春分时节，春光正盛，花儿千娇百媚，薜荔扶墙，青苔铺地，虽是满眼美丽景色，却暗喻了环境的清冷孤寂。梁上燕子与笼中鹦鹉形成了鲜明的对照，"愁"字点出了人物的心情，"独"字点出了人物心情不畅的原因，鹦鹉独睡比拟歌女的形单影只、顾影自怜。远处隐隐传来的歌声，更是令其勾起无限旧事，眉间笼起一片愁云惨雾。

时雨

[宋] 陆游

时雨及芒种①，四野皆插秧。

家家麦饭美，处处菱歌②长。

老我成惰农，永日付竹床。

衰发短不栉③，爱此一雨凉。

庭木集奇声，架藤发幽香。

莺衣湿不去，劝我持一觞④。

即今幸无事，际海皆农桑。

野老⑤固不穷，击壤⑥歌虞唐⑦。

注释

①芒种：农历二十四节气之一，字面意思是"有芒的麦快收，有芒的稻快种"。对中国黄淮地区而言，芒种时节夏熟作物要收获，秋收作物要播种，农人非常忙碌。②菱歌：采菱之歌，

《采菱歌》为乐府曲名。③栉（zhì）：梳子，这里指梳头发。④觞（shāng）：一种盛酒器。⑤野老：村野老人。⑥击壤：指《击壤歌》，是一首远古先民咏赞美好生活的歌谣。⑦虞唐：唐尧和虞舜，喻太平盛世。

译文

芒种时节，雨应时而落，农人们在田里忙着插秧。新麦收获，家家户户吃着香喷喷的饭食，田野里四处飘荡着悠扬的菱歌。我上了年纪，懒得下地劳动，整日倚在竹床上。稀疏的白发也不梳理，只顾着贪恋这场雨带来的清凉。

庭院里的树上鸟儿啁啾，婉转动听；藤架上的花木散发着幽香。黄莺的羽毛已经被雨打湿，仍然欢唱着不肯离去，仿佛在劝我饮一杯美酒。庆幸现在天下太平，农人们能够专心种田采桑。居于乡野的老人也不穷困，他们唱着《击壤歌》颂扬这太平盛世。

赏析

这是陆游晚年一首颇为闲适的田园诗作。芒种时节的一场甘霖，给农人插秧带来了便利，也给诗人带来了舒爽的凉意，所以诗人笔下充满了欢欣活泼的意趣。

诗人重点描写的不是田园之景，而是人们心中之乐。农人之乐在于麦子新收，丰衣足食，所以即使农事繁忙也乐在其中，《菱歌》《击壤歌》正是这种快乐的具体反映。与农人相对照的是士大夫的悠闲之乐。诗人懒懒地倚靠在竹床上，远处清脆的菱歌与近处鸟儿的欢唱交织，声声入耳；邻居家新麦的饭香与院子里花草的芬芳交融，沁人心脾；这时再来一点小雨，一壶美酒，诗情画意在心中激荡，让作者实在忍不住要挥笔赞一下这太平盛世。

有怀①正仲②还雁峰诗

[宋] 舒岳祥

松声夜半如倾瀑，忆坐西斋共不眠。

一鼓轻雷惊蛰③后，细筛微雨落梅天。

临流欲渡还休笑，送客归来始惘然。

掩卷有谁知此意，一窗新绿待啼鹃④。

注释

①有怀：有感而发。②正仲：即刘正仲，作者好友。③惊蛰：农历二十四节气之一。④啼鹃：杜鹃啼鸣。杜鹃又名子规，寓意催归、盼归。

译文

半夜风起，松声大作，听来就像瀑布倾泻而下，令我想起与你西斋对坐、畅谈不眠的夜晚。一通轰隆隆的春雷过后，像被筛子筛过一样的细雨在这梅花飘落的季节轻轻落下。

在河边渡口告别时，咱俩欢声笑语不断，归来后我独自一人深感失落。合上手中的书卷，此时有谁能明了我的心意呢？抬眼望，窗外一片新绿，蓬勃草木似乎正在等待着杜鹃来枝头啼鸣。

赏析

这是一首思念友人的七言律诗，作于送别友人之后的一个风雨之夜。风声、雷声、雨声，声声入耳，看梅花点点伴雨落，在这样的一个夜晚，思念显得愈加深浓。

分别时言笑宴宴，可见君子之交淡如水，两人都是豁达之人；归来后怅然若失，与前面的"笑"字形成对比，凸显了两人友情之深。窗外新绿待杜鹃，何尝不是作者盼着友人归来的心情写照呢？

苏堤①清明即事

[宋] 吴惟信

梨花风②起正清明，游子寻春半出城。
日暮笙歌③收拾去，万株杨柳属④流莺。

注释

①苏堤：杭州西湖贯穿南北的大堤，最早为北宋时期苏轼任杭州知州时所修。②梨花风：梨花开放时的风。古人以五日为一候，三候为一个节气。从小寒到谷雨这八个节气里共有二十四候，对应着二十四种花的花期，所以有"二十四番花信风"之说，梨花风是其中一种。③笙歌：乐器声、歌声。④属：归于。

译文

梨花绽放，清风徐来，正值清明时节，人们纷纷出城至西湖踏青寻春。苏堤上衣袂翩飞、歌声袅袅，至日暮方散。游人散去，被惊扰一天的流莺回到杨柳枝头享受这静谧时刻。

🌱 **赏析**

　　这是一首新颖别致的咏春诗。诗人构思精巧，不直接描写春花、春草等旖旎景物，而是侧面起笔，从游人入手来咏赞美好春光；"半"字点明春游的人之多、之盛。

　　诗作只有四句，内容却丰富，从白天写到日暮，诗人既写出了游人如织的西湖盛景，又写出了游人散去后静谧清幽的西湖风光。

风有信，花不误：二十四番花信风

　　二十四番花信风，又称"二十四风"，因为是应花期而吹的风，所以叫信。我国古代以五日为一候，三候为一个节气。从小寒到谷雨这八个节气里共有二十四候，每候都有某种花绽蕾开放，于是便有了"二十四番花信风"之说。

小寒：一候梅花、二候山茶、三候水仙

大寒：一候瑞香、二候兰花、三候山矾

立春：一候迎春、二候樱花、三候望春

雨水：一候菜花、二候杏花、三候李花

惊蛰：一候桃花、二候棣棠、三候蔷薇

春分：一候海棠、二候梨花、三候木兰

清明：一候桐花、二候麦花、三候柳花

谷雨：一候牡丹、二候荼蘼、三候楝花

画中诗，诗里画

诗中有画，画里藏诗。考眼力的时候到了，你能根据提示的关键字，写出藏在图画里面的三联古诗词吗？

规

天气

上邪①

汉乐府

上邪，我欲与君相知②，长命③无绝衰。

山无陵④，江水为竭。

冬雷震震⑤，夏雨⑥雪。

天地合，乃⑦敢与君绝。

注释

①上邪（yé）：天啊。上，指天；邪，语气词。
②相知：相爱。③命：通"令"，使。④陵：
山峰，山头。⑤震震：象声词，形容雷声。
⑥雨（yù）：动词，指降雪。⑦乃：才。

译文

上天啊，我要与你相知相爱，我们的爱
永远不会衰绝。当山峰都夷为平地，当滔

滔江水枯竭，当寒冬响起轰隆隆的雷声，当炎炎夏日飘落白雪，当天和地合在一起，我才会跟你分开。

赏析

这首乐府诗是一位女子的爱情宣言，也是一首流传千古的爱情绝唱。在中国浩如烟海的古代诗歌长河中，这首诗是一个非常特别的存在。

首先，诗中的女子不同于其他文学作品中柔美、羞涩的女子形象，她勇敢而大胆地追求爱情，率性而直白地发布爱的宣言。其次，她的爱炽热而坚贞，这强烈的感情如火一般熊熊燃烧，照亮了她的生命，让她说出了撼天动地的誓言。

她从反面起誓，用高山、大河这些千万年不变的事物来形容爱情的恒久；用冬天打雷、夏天下雪这些违背自然规律的现象来比拟爱情的坚定；至此她还觉得不够，又用天地合拢这种不可能产生的旷古灾难来表达自己的决心，最后掷地有声地说出"乃敢与君绝"五个字，字字千钧，带给读者极大的震撼。

简①卢陟②

[唐] 韦应物

可怜白雪曲③，未遇知音人。
恓惶④戎旅⑤下，蹉跎淮海滨⑥。
涧树含朝雨，山鸟哢⑦馀春⑧。
我有一瓢酒，可以慰风尘。

注释

①简：书信，这里做动词，可以理解为"写给"。②卢陟：人名，韦应物的外甥。③白雪曲：指高雅的古琴名曲《阳春白雪》。④恓惶：烦恼不安的样子。⑤戎旅：军旅。⑥淮海滨：指以徐州为中心的淮海之滨。⑦哢（lòng）：鸟鸣。⑧馀（yú）春：暮春，春之将尽。

译文

可惜高雅的《阳春白雪》古曲，没有遇到能欣赏它的知音。你流落在淮海之滨，整天忙于战事，烦恼难安。清晨雨洒山涧，树木青翠的枝叶上还挂着晶莹的水滴，鸟儿已迫不及待地展开了歌喉，歌唱这最后的春光。我这里有一瓢美酒，可以慰藉你那颗奔波劳顿的心。

赏析

韦应物出身关中名门，乃望族京兆韦氏之后，少而敏慧，宕拓不羁，青年发奋，立志读书。他的诗一如他的人，清新高雅，沉厚蕴藉，语虽不烈，意却悠长。这首《简卢陟》是韦应物写给外甥卢陟的劝慰诗，后成为其传世名作之一。

全诗意境清幽，格调淡远，谆谆劝慰，语简情深。诗首、颔两联构思精巧，托物喻人。首联明写《阳春白雪》曲雅，却无人能解其雅之悲，实则写卢陟高才，却无人激赏其才之恨，为颔联做铺垫；而颔联则用浅白寡淡的笔墨具体表述了卢陟的生活现状：羁于军旅，终日烦忧。颈联笔锋自然转折，开始对卢陟进行劝慰，以一派清新盎然的暮春之景来开解外甥悲愁的心。尾联则以"有酒"含蓄地表达了对卢陟的劝慰与希冀，希望他能从怀才不遇、岁月蹉跎的悲伤中走出来，怀抱着一颗积极乐观的心，去欣赏自然的风情、生活的美妙。在此，

"风尘"不仅仅指的是戎马生涯的辛苦劳顿，同时也是指一种精神上的疲乏凄惶。另外，诗人作此诗时，"安史之乱"方平定三年，举国之内仍有无数烽烟未熄，战乱不止，是以此处的"慰风尘"，除了安慰卢陟，多多少少也有几分安慰自己，希望战乱能够止息，国家能重现安定。

诗词拾趣

"无为在歧路，儿女共沾襟"中哪个字是错的？

☐ A. 为——违　　☐ B. 歧——其　　☐ C. 襟——巾

早春呈①水部张十八员外②

[唐] 韩愈

天街③小雨润如酥④，草色遥看近却无。
最是⑤一年春好处，绝胜⑥烟柳满皇都⑦。

注释

①呈：呈送，恭敬地送给。②水部张十八员外：指张籍，唐代诗人，他在同族兄弟中排行第十八，曾任水部员外郎。③天

街：京城的街道。④酥：酥油。这里形容春雨的细腻、润滑。⑤最是：正是。⑥绝胜：远远胜过。⑦皇都：指都城长安。

译文

京城的街道笼罩在烟雨之中，这蒙蒙细雨润滑得就像酥油一般。小草刚刚露出了头，远看一片嫩绿，近看却还是枯黄衰败、青绿零星。一年中最美的就是这早春时节，远远胜过烟柳满城的暮春。

赏析

这首小诗是写给水部员外郎张籍的一首咏赞早春美景的七言绝句。诗的风格清新自然，简直是口语化的，看似平淡，实则隽永。诗人精准捕捉到了早春景物的特点，这种笔力和功力远非一般人可比。

首句以"润如酥"来形容春雨之细腻润滑，同时凸显了春雨的珍贵，因为北方春季多旱，春雨极少。第二句紧承首句，写雨后草色，这是全诗中最妙的一句，历来被人们称道。诗人像一位高明的水墨画家，挥洒着他饱蘸了春雨的妙笔，隐隐绘出了一抹青青草色，若有若无，自有一种朦胧韵致，将北方早春之色写到了骨子里。每个行走在北方早春原野上的人恐怕都有过这样的体会，遥望远处一片新绿，低头却只见衰草，情不自禁地吟出这句诗，对诗人的才华真是既惊又叹。

第三、四句运用对比手法，诗人对初春景色大加赞美，他认为远胜花红柳绿的暮春。初春是否真的美过暮春，这一点见仁见智，但有一点可以肯定，初春孕育着希望，而暮春姹紫嫣红的春花则走向凋败。

这首诗摄早春之魂，给人以无穷的美感趣味，甚至是绘画所不能及的。诗人没有彩笔，但他用诗的语言描绘出一种让人无限向往的情致。如果没有深刻的洞察力和高超的诗笔，是不可能把早春之美提升到这样一个艺术层面的。

赋得古原草送别

[唐] 白居易

离离①原上草，一岁一枯荣②。

野火烧不尽，春风吹又生。

远芳侵古道，晴翠接荒城。

又送王孙③去，萋萋④满别情。

🌱**注释**

①离离：形容春草长得很茂盛的样子。②枯荣：指草的枯萎

和茂盛。③王孙：本指贵族后代，这里泛指离家远游的人。④萋萋：草长得茂盛的样子。这两句来自《楚辞·招隐士》："王孙游兮不归，春草生兮萋萋。"

译文

原野上蓬勃的春草，每年都会枯荣一次。冬天肆虐的野火虽然能烧掉它们的枯叶，但春风一吹，它们又会冒出新芽，焕发生机。看这无边的芳草吞没了古老的驿道，阳光下一片青翠，连接着边远的城镇。我又要送别朋友离家远游了，就连眼前这茂盛的春草都像是满含着送别的情意。

赏析

这首诗是白居易少年时代的作品，也是一直被后人传诵的名篇。诗人借不被人注意的野草，把咏物和抒情结合起来，赞美野草顽强的生命力，抒发年少气壮之豪情，同时也表达了对即将离别的友人的依依惜别之情。"野火烧不尽，春风吹又生"一联，依貌取神，写出了对野草顽强生命力的赞歌，这是全篇的核心和最高境界所在，又是磅礴的诗情与深刻哲理的统一，是富有象征意义和引申价值的佳句。

村夜

[唐]白居易

霜草①苍苍②虫切切③，村南村北行人绝④。
独出前门望野田⑤，月明荞麦花如雪。

注释

①霜草：经霜的野草。②苍苍：灰白色。③切切：虫鸣声。
④绝：绝迹。⑤野田：田野。

译文

经霜的秋草苍茫一片，秋虫低低吟唱，在这万籁俱寂的夜晚，村
南村北一片寂静，没有一个行人。我独自出门望着远处的田野，洁白
的荞麦花在明月的照耀下就像一片皑皑白雪。

赏析

这首诗用白描的手法绘制了一幅深秋图景，语言简淡，但意境深
远。诗的前两句通过秋草和秋虫，点明了秋色的浓重。夜深寒重，村
子周围行人绝迹，凄清的环境衬托出了作者孤独寂寥的心情。后两句
却笔锋一转，诗人抛却了萧瑟黯淡的氛围，
描写了月光照耀下灿烂耀眼的荞麦花田，
大片大片的花田就像一望无际的白
雪，令诗人暂时忘却了伤痛，获
得了些许安慰。

正所谓"一切景语皆情
语"，这首诗通篇写景，却又
浸润了深深的情感。诗
人作此诗之时，
母亲刚刚过世
不久，在寂静的
秋夜，诗人想起母亲，自然有无
限伤感。然而看到绮丽的荞麦

花田，精神不免为之一振。不管是自然景物的转换，还是人物心情的变化，都浑然天成，了无痕迹。整首诗真朴自然，集中体现了乐天诗平易通俗的特点。

诗词拾趣

在下面的诗句中填上一种农作物。

1. 青青园中□，朝露待日晞。

2. 春种一粒□，秋收万颗子。

3. 种□南山下，草盛□苗稀。

4. 夜来南风起，□□覆陇黄。

5. □花香里说丰年，听取蛙声一片。

问刘十九①

[唐] 白居易

绿蚁②新醅③酒，红泥小火炉。
晚来天欲雪④，能饮一杯无⑤？

注释

①刘十九：作者的朋友。刘是姓，十九是在同族兄弟中的排行。②绿蚁：指浮在新酿米酒上面的菌丝，因细小如蚁，微显绿色，故称"绿蚁"。③醅（pēi）：未过滤的酒。④天欲雪：天要下雪了。⑤无：表示疑问的语气词，相当于"吗"。

译文

新酿的米酒已经备好，小火炉也已经烧旺，天色将晚，雪意渐浓，你能否光临寒舍与我对饮几杯？

赏析

这首诗可以说是邀请朋友前来小饮的邀请函。新酒暖炉，与外面的黯黯黄昏、漠漠浓云、森森寒意形成了鲜明的对照，具有多么大的诱惑力呀！当然，对刘十九来说，白居易的那种深情，那种渴望把酒共饮、促膝夜谈的友谊，更令人神往和心醉。生活在这里除了物质的因素外，还包含着动人的精神因素。可以想象，刘十九在接到白居易的诗之后，一定会欣然前往。然后，两位朋友围着火炉，品酒聊天。也许室外真的下起雪来，但室内却是那样温暖、明亮。生活在这一刹那泛起了玫瑰色，响起了甜美和谐的旋律……这些，是诗留给人们的联想。由于既有所渲染，又简练含蓄，所以不仅富有诱惑力，而且耐人寻味。它不是使人微醺的薄酒，而是醇醪，可以使人真正身心俱醉的。

无题·飒飒东风细雨来

[唐]李商隐

飒飒东风细雨来，芙蓉塘①外有轻雷。
金蟾②啮③锁④烧香入，玉虎⑤牵丝⑥汲井回。
贾氏⑦窥帘韩掾⑧少，宓妃⑨留枕魏王⑩才。
春心莫共花争发，一寸相思一寸灰！

🌿 **注释**

　①芙蓉塘：荷塘。②金蟾：指蟾状的香炉。蟾，似蛙而体大，背有毒腺，俗称癞蛤蟆。③啮：咬。④锁：香炉的鼻纽，可以开启放入香料。⑤玉虎：用玉石装饰的虎状辘轳。⑥丝：井绳。⑦贾氏：晋大臣贾充的女儿。《世说新语》记载，贾充的女儿有一次在帘后窥见父亲的僚属韩寿，爱慕他年少英俊，两人私会。后被贾充发现，将女儿嫁给韩寿。⑧掾（yuàn）：

古代官署属员的通称。⑨宓（fú）妃：中国先秦神话中，宓妃是黄河之神河伯的配偶，司掌洛河的水神，又称洛神。这里借指魏文帝曹丕的皇后甄氏，相传其名甄宓。传说甄氏曾为曹丕弟曹植所爱，后来曹操把她嫁给曹丕。甄氏被赐死后，曹丕把她的遗物玉带金镂枕送给曹植。曹植离京途经洛水，梦见甄氏来相会，表示把玉枕留给他做纪念。曹植醒后遂作《感甄赋》，后魏明帝（曹叡，甄氏之子）改题为《洛神赋》。⑩魏王：指魏东阿王曹植。曹植曾多次被徙封，最后封地在陈郡，故后世也称其为陈王。

译文

东风飒飒，吹来阵阵细雨。荷花塘外，隐隐传来雷声。金蟾香炉轻吐烟雾，香烟缭绕飘散；状似玉虎的辘轳，牵引绳索汲取井水。贾女隔帘窥见韩寿，爱他年少英俊；甄氏留枕给魏王，倾慕他的满腹才华。啊，我这颗心切莫与春花一同争荣竞发，免得我寸寸相思，都化成灰烬。

赏析

李商隐生于晚唐，彼时唐朝早已不是盛世，宦官专权、朝廷党争，将大唐帝国搅得乌烟瘴气。李商隐虽惊才绝艳，但不幸卷入党争旋涡，备受排挤，一生困顿不得志，所以他的诗歌虽美，但多曲折隐晦而凄清。李商隐的爱情诗尤其写得缠绵悱恻、优美动人。他多写失意的爱情，这与他失意沉沦的人生际遇不无关系。本诗即写一位幽居深闺的女子追求爱情而不得的痛苦。

首联以景物起笔，细雨与轻雷，暗喻女子春心萌动，情思缱绻。颔联描写女子居所的凄清冷寂，缭绕的香炉、汲水的辘轳，均衬托出女子幽居寂寞、长日无聊的惆怅，进一步牵动主人公的情思，让她更觉寂寞难耐。同时，这两句也体现了诗人隐晦的诗风。

颈联用典，借贾女和甄后的爱情故事进一步铺陈女子对爱情遏制不住的向往，她内心的情思此时已像那春天的花木般蓬勃生长了。但尾联又急转直下，"春心莫共花争发"是女主人公爱情无望的痛苦呐喊，因为她不希望自己的寸寸相思都白白化为灰烬。这句诗感情极为强烈，有愤懑不平，也有幻灭的悲哀，深深感染着读者。而且，诗人由香燃后成灰产生联想，创造出"一寸相思一寸灰"这个千古佳句，化抽象的相思为具象的事物，赋予了诗句一层浪漫的悲剧色彩，使整首诗更具有了动人心弦的力量。

清平乐·雨晴烟晚^①

[五代] 冯延巳

雨晴烟晚。绿水新池满。双燕飞来垂柳院，小阁画帘高卷。

黄昏独倚朱阑^②。西南新月眉弯。砌^③下落花风起，罗衣^④特地^⑤春寒。

注释

①清平乐（yuè）：词牌名。此词一说为欧阳修作。②朱阑：红色的栏杆。阑，通"栏"。③砌：台阶。④罗衣：用轻软丝织品制成的衣服。⑤特地：特别。

译文

雨后初晴，暮色中淡烟袅袅，碧绿的春水涨满了池塘。一双燕子翩然越过墙头，飞入了烟柳低垂的庭院，风和日暖，阁楼上的帘栊高高卷起。

黄昏时佳人独自倚着朱栏，不知不觉夜色渐浓，西南天空升起了一弯新月。阶下风卷落花，吹透罗衣，带来阵阵寒意。

赏析

这是一首伤春之作，垂柳和落花都是暮春时节的景物，诗人借这暮春晚景，来表现闺中女子的淡恨轻愁。诗人由景起笔，由远及近，先描写春水荡漾之间的夕阳晚照，茫茫烟霭；接着切入近景，燕子双双飞入垂柳依依的庭院；然后以"小阁画帘高卷"点出人物，原来这远近的画面都是阁楼窗边的女子所见。

词的下阕凝笔于女子，她久立窗前，从日暮到黄昏再到入夜，双燕归巢更反衬了她此时的形单影只。新月挂上梢头，孤月清冷，女子想必感觉更加凄清。一阵风起，吹落片片春花，也会吹落女子的青春年华，此时的"罗衣特地春寒"恐怕不只是身体上的寒冷，更是心理上的自伤自怜吧。

冯延巳笔下的相思与哀愁，往往含而不露，朦胧迷茫，超越时空和具体的事物，所以千年之后，仍能轻易拨动读者心底的愁思，让人心有戚戚。再加上词句清丽，虚实相应，所以韵味无穷，令人在玩味之余不免叹服。

饮^①湖上初晴后雨

[宋] 苏轼

水光潋滟^②晴方好^③，山色空蒙^④雨亦奇。
欲把西湖比西子^⑤，淡妆浓抹总相宜。

注 释

①饮：饮酒。②潋滟（liàn yàn）：波光闪动的样子。③方好：正显得美好。④空蒙：形容云雾迷茫缥缈，似有若无。⑤西子：西施，中国传说中的绝代美女，春秋时期越国苎萝（在今浙江诸暨）人。

译 文

阳光灿烂时，西湖一碧万顷，波光粼粼，一派明媚风光。细雨潇潇中，西湖笼罩在迷蒙雨雾中，周围的群山烟雨缭绕，像蒙上了神秘的面纱，看上去也很奇妙。我想要把眼前的西湖比作古代绝顶美女西子，无论淡妆还是浓妆都恰到好处，别有一番风韵。

赏 析

这一天，诗人到西湖游览饮酒，起初天色晴朗，风和日丽，后来天色转阴，下起雨来，雨雾迷漫，山色朦胧，别有一番情调。晴雨快速转换的西湖触动了作者的诗情，遂有了这首题咏西湖诗的佳作。

晴天的西湖，碧波荡漾，水映日光，一片浩然无边、开阔艳丽的水乡景象，令人心旷神怡。雨中的西湖，烟雨缭绕，山色如罩薄纱，风姿绰约，更有令人意想不到的奇景。西湖正如那仪态万方的美人西施一样，无论是淡雅还是浓艳的打扮，都美丽动人。

诗的前两句用白描和对比的手法，概括了西湖在不同天气下所呈现的不同的美态。首句描写晴天的明艳，次句赞美雨天的迷离，两句从刚晴又雨的具体情景着笔，对西湖迷人的景色做了准确描绘。"潋滟""空蒙"等词用得极精当、传神。后两句，诗人把西湖比作西子，从西湖的"晴方好""雨亦奇"，联想到西施的"淡妆浓抹总相宜"，古来多少西湖诗全被这两句扫尽。喻体（西子）和本体（西湖）之间，除了字面上同有一个"西"字外，诗人的着眼点在于二者同具有天赋的自然之美。全诗构思巧妙，概括性强，把西湖晴雨皆宜的美景传神地勾勒了出来。

虞美人①·听雨

[宋] 蒋捷

少年听雨歌楼上。红烛昏②罗帐③。壮年听雨客舟中。江阔云低、断雁④叫西风。

而今听雨僧庐⑤下。鬓已星星⑥也。悲欢离合总无情⑦。一任⑧阶前、点滴到天明。

注释

①虞美人：词牌名。②昏：昏暗。③罗帐：用轻软丝织物所制的床帏。④断雁：失群的孤雁。⑤僧庐：寺庙，僧舍。⑥星星：星星点点，形容白发很多。⑦无情：无动于衷。⑧一任：任凭，听凭。

译文

年少时，在歌楼上听雨，红烛摇曳，柔柔烛光映照着低垂的床幔；中年时，在客船上听雨，江面浩浩汤汤，云脚低垂，一只失群的孤雁在西风中发出阵阵哀鸣。

如今，两鬓斑白的我在僧舍听雨，想起人生的种种悲欢离合，已经淡然了许多，只静坐窗前，听那阶前的雨滴滴答答直到天明。

赏析

蒋捷是南宋末年的进士，可惜他刚中进士还没被授予官职，南宋就灭亡了。此后蒋捷终身不仕，一生在颠沛流离中度过，全了士大夫的忠义气节。有志报国、无力回天的蒋捷眼看着国家覆亡、民生多艰，将内心郁积的悲愤不平融于诗词之中。其词多抒发故国之思、山河之恸，风格悲凉清俊、萧瑟疏廖，词句奇巧，在有宋一朝独标一格。

这首《虞美人》集中体现了蒋捷的词风和情志，从听雨这一独特视角，用寥寥几笔描绘了三个画面，却以这三个画面写尽了一生。

年少时生长在繁华之地，锦衣玉食、鲜衣怒马的少年自然不识愁滋味，终日沉醉在纸醉金迷的肆意享乐中，沉浸在温柔乡中的少年听到的潇潇雨声也是欢快的音乐吧。中年时惨遭家国巨变，四处漂泊的词人于孤船上再听淅沥雨声，无限悲苦涌上心头，却又无法言说，只能将满怀愁绪融于眼前苍茫的江面、低垂的云脚和离群的孤雁中。

人生苦短，如今听雨时词人已经鬓生华发。独自坐在清冷岑寂的僧舍，江山已经易主，词人的少年欢乐和中年愁恨也已经被雨打风吹去，"无情"一词说明参透了人生的词人不再沉湎于悲欢离合，可以面对、可以放下。但作者对此真的无动于衷了吗？当然不是。如果作者真达到无情之境，也不必夜深独坐，听雨到天明了吧。这种"欲说还休"的克制和无奈带给读者的是一种深入骨髓的悲凉，意在言外，沉郁隽永。

长相思①·山一程②

[清] 纳兰性德

山一程，水一程，身向榆关③那畔④行。夜深千帐灯。

风一更⑤，雪一更，聒⑥碎乡心梦不成。故园无此声。

注释

①长相思：词牌名。②程：道路的段落，形容路程。③榆关：山海关。④那畔：那边，即关外。⑤更：古时一夜分为五更，每更约两个小时。这里指夜间风雪不断。⑥聒（guō）：声音嘈杂。

译文

翻山过岭，登舟涉水，我随着大军风尘仆仆地向山海关外行进。入夜，部队就地扎营，千千万万个帐篷中点起了灯烛。

夜深雪重，狂风呼号，搅得我无法入眠。想起远在千里之外的家乡，那里可没有这样的狂风暴雪，没有这样嘈杂的声音。

赏析

纳兰性德曾在年轻时随康熙出征，像一个普通征夫那样万里奔走，连年奔波在外，思乡之情便如扎在他心头的一根刺，时不时牵动着他的愁绪。就是在这样"缯纩无温，堕指裂肤"的关外严寒之中，他躺在军帐中，听着帐外的风雪声，辗转反侧，彻夜无眠，一首小词就在这样的情景下诞生了。

"山一程，水一程"，巧妙的互文将跋山涉水的艰辛全部囊括。山遥水迢，每一步都离家乡更远。在这样的煎熬中，词人写道："身向榆关那畔行。"词人特意强调是"身向"而非"心向"。他并非一个汲汲于功名之徒，向往着在沙场上建功立业，以求封妻荫子。他只是随着军队缄默地向前行走着，但是他的心魂却萦绕着故园。夜晚降临，军中扎起帐篷，点起灯火，"夜深千帐灯"，壮阔之中又显凄凉。

"风一更，雪一更"同样是互文，绵绵不断的风雪从军帐外呼啸而过，时间在词人的辗转反侧中艰难地挨过去。为何彻夜无眠？词人在下一句给出了解答："聒碎乡心梦不成"，这风雪嘈杂之声打碎了"犹恋桃花月"的美梦。最终，无奈的词人只能喟叹："故园无此声。"在遥远的家乡，却没有这种聒噪的高风夜雪之声啊！

孩童

池上

[唐] 白居易

小娃撑小艇^①，偷采白莲回。
不解^②藏踪迹^③，浮萍^④一道开。

注释

①艇：船。②解：懂得。③踪迹：行踪，此处指小艇穿过后向两旁分开的浮萍。④浮萍：一种水生植物，圆叶浮在水面，夏开白花。

译文

一个小孩子撑着小船偷偷去采回了白莲花。他自以为瞒过了大人，却不懂隐藏痕迹，小船过处，水面的浮萍齐齐向两旁分开。

赏析

这首诗用闲淡而又清新的笔触，捕捉到了江南水乡一幕活泼的动态图，将孩子的天真稚拙和顽皮可爱刻画得入木三分。

第一句连用两个"小"字，第一个"小"描绘的是孩子，第二个"小"描绘的是船，两字连用别有一番意趣。第二句的"偷"字生动描绘了小孩子的状貌，轻手轻脚、贼头贼脑，让读者忍俊不禁。第三、四句描写的是孩子偷采白莲之后，他扬扬得意，自以为得逞，却不知道身后的浮萍早已暴露了他的行踪。读至此处，读者那挂在嘴角的笑终于荡漾开来，朗朗笑声也冲口而出。

这首诗语言虽然平易如白话，但却极富画面感，有声有色，动静相宜，集中体现了白居易擅长以诗叙事的特点。

寻①隐者②不遇

[唐] 贾岛

松下问童子③，言师采药去。
只在此山中，云深④不知处⑤。

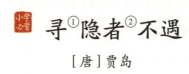

注释

①寻：寻访。②隐者：隐居在山林中的隐士。③童子：没有成年的孩子。这里指隐者的学生、弟子。④云深：山中丛林茂密，有云雾缭绕。⑤处：行踪，所在。

译文

我到山中寻访隐士，在松树下询问隐士的学生。学生说老师去山中采药了，就在这座大山中，但远处只见林深树茂、云雾缭绕，不知道其行踪到底在何处。

赏析

《寻隐者不遇》是贾岛的代表作之一，全诗朴实无华，近乎白描，但字字锤炼，句句精致，不见一丝冗余，且别出心裁地以问答的方式来绘景状物，寄寓情感，构思巧妙，独树一帜，令人眼前一亮。

诗首句以"松下问童子"隐隐点题，问童子，是因为"隐者"不在，"松下"则点出了"隐者"隐居环境的高洁；且"松下"与末句的"云深"相互照应，既表明了"隐者"出入活动之地的高远幽深，又以"松"与"云"暗喻"隐者"的出尘绝世。后三句，貌似在平铺直叙，却是问答的一种循序的推进。隐者不在，去做什么了？采药去了。去哪里采药？就在这座山中。在山中何处？云雾深缈，不得而知。问答很简单，但简笔繁情，寥寥二十字，却道出了诗人寻隐者不遇之后心情的渐次变化——兴高采烈而来，失望于不遇，又抱着山中寻找相遇的侥幸，最后却因"不知处"而怅然无奈。淡淡的话语，平常的问答，个中涵盖的内容却丰富异常，所谓返璞归真，不外如是。

小儿垂钓

[唐] 胡令能

蓬头①稚子学垂纶②，侧坐莓苔③草映身。

路人借问遥招手，怕得鱼惊不应④人。

❀ 注释

①蓬头：头发蓬乱的样子，此处形容小孩可爱。②垂纶：钓鱼。纶，钓鱼用的丝线。③莓苔：青苔。④应：回应，答应，理睬。

❀ 译文

一个头发蓬乱的小孩坐在路边学习钓鱼。他侧身坐在水边的青苔上，绿草掩映着他的身影。我本想向他问路，但他远远就冲我摆手，怕惊了咬钩的鱼儿不敢回应我。

❀ 赏析

胡令能出身寒微，少时曾以钉铰（洗镜、补锅之类工作）为业。相传，他曾梦到有人剖其腹，赠书一卷，梦醒之后就口吐珠玑，能诗擅文。或许是受了出身环境的影响，令能性清高，颇疏淡，其诗亦平白浅显、清新雅淡，玲珑中颇见几分山野生活情趣。这首脍炙人口的《小儿垂钓》便是此中经典。

《小儿垂钓》是一首七言绝句，原是令能赴乡访友，路遇垂钓孩童，问路后有感而作。因是缘情而咏，故诗虽浅白，却颇传神，聆之听之，犹如亲见，遣词造句之间更显不凡。诗首句切题，以近乎白描的笔墨简单地勾勒出了一幅稚子垂钓的生动图景。"蓬头"非贬义，而是对山野孩童乱发蓬松模样的一种自然描写，读来颇觉亲切真实；"稚子""垂纶"映题，表明是小儿在垂钓；"学"则是点睛之笔，挈领全诗，因是初学垂钓，所以，小儿非常认真，也非常小心，由是，方有后续"侧坐莓苔""遥招手""不应人"的种种表现。次句上承首句，从"形"的角度进一步对小儿垂钓的情景做了描摹。垂钓时是"侧坐"而非"端坐""稳坐"，为的是用草丛掩蔽身形，不致吓跑了鱼儿，可见其希望鱼儿咬钩的迫切心态。"莓苔""草"既是对垂钓之清幽环境的一种现实描绘，也是"学"后成果的一种展现。莓苔遍布、草木丛生的地方，大多阴湿多水，不宜赏景，却宜垂钓，由此可见，小儿学垂钓，还是"学"得有模有样的。及至三、四两句，诗人笔转龙蛇，不再摹其形，改而绘其神，以精心剪裁出的一幅问路的画面，巧妙地写出了小儿的活泼机警、认真可爱，读来颇为传神。面对"借问"的"路人"，小儿没有木然不理，也没有热情作答，而是以"遥招手"的动作来作为应答，那一副生怕发出声响就把鱼儿惊走的可爱模样，由诗观之，犹在眼前。

诗词拾趣

根据下面提供的字，请写出两句诗。

楼	遥	水	杏	少	台
村	酒	花	牧	多	雨
童	旗	指	烟	中	郭

句1

句2

四时田园杂兴（其三十一）

[宋] 范成大

昼出耘田^①夜绩麻^②，村庄儿女各当家^③。

童孙未解供^④耕^⑤织，也傍^⑥桑阴^⑦学种瓜。

注释

①耘（yún）田：在田间除草。②绩麻：把麻搓成线或绳子。③各当家：每人担任一定工作。④供：从事，参加。⑤耕：深耕翻土。⑥傍：靠近。⑦阴：树荫。

译文

白天去田里除草，夜晚在家中搓麻线，乡村的男男女女每人都很忙碌。小孩子还不会耕田织布，也在桑树荫下学着大人种瓜。

赏析

范成大的诗平易浅显，清新明媚，取材很广，其中尤以描写农村生活的作品成就最高。《四时田园杂兴》是他退居家乡后写的一组大型田园诗，分春日、晚春、夏日、秋日、冬日五部分，每部分十二首，共六十首。诗歌描写了农村春、夏、秋、冬四个季节的景色和农民的生活，写出了田园意趣的同时也反映了农民的辛劳和困苦。

这首诗描写了农村初夏的生活场景。全诗用一老农的口吻展开，白天除草，夜里搓麻，初夏的农村异常忙碌，成年儿女们都不得闲。幼小的孙辈虽然还不会耕田织布，但耳濡目染，也在树荫下有模有样地学着大人种瓜。全诗无一绮词丽句，但描摹得形神俱在，读来意趣横生。最后一句对儿童种瓜的描写更是活泼有趣，充满天真。

闲居初夏午睡起（其一）

[宋] 杨万里

梅子留酸软齿牙①，芭蕉分绿与窗纱。
日长睡起无情思②，闲看儿童捉柳花③。

注释

①梅子留酸软齿牙：一作"梅子流酸溅齿牙"。②情思：情绪。③柳花：指柳絮。

译文

吃完梅子，牙齿酸软，窗前芭蕉的浓碧映到了窗纱上。夏日天长，我午睡醒来神思懒倦、无精打采，只闲闲地看着孩子们在院子里跑来跑去抓柳絮玩耍。

🌿 赏 析

《闲居初夏午睡起》共有两首，此为其一。诗歌语言虽明白如话，却因作者善于捕捉生活中的意趣以及精确传神的遣词，给人以清新闲适、生动活泼之感。

这是一幅夏日闲景的白描：春去夏来，天气渐渐闷热，诗人午睡初醒，本是慵倦懒动、百无聊赖，尝了颗梅子后，齿牙皆被酸软渗透，瞬间醒了神。此时，窗外芭蕉的绿意映衬到窗纱上，仿佛带来了一丝夏日的清凉，而稚龄孩童正与风中飞舞的柳絮嬉戏着，不时漾起欢声笑语，情绪无聊、无精打采的诗人亦被这童趣感染，心情舒畅起来。

诗歌选取了初夏时节的代表性景物梅子、芭蕉和柳花，又用"软""分""闲"三字恰如其分地写出了恬静闲适的意态，足见作者炼字之精妙。

宿①新市②徐公店③

[宋] 杨万里

篱落④疏疏一径深⑤，树头新绿⑥未成阴⑦。
儿童急走⑧追黄蝶，飞入菜花无处寻。

🌱 注 释

①宿：住宿。②新市：地名，在今湖南攸县北。③徐公店：姓徐的人家开的酒店。公，古代对男子的尊称。④篱落：篱笆。

⑤深：深远。⑥新绿：一作"花落"。⑦阴：树荫。⑧急走：奔跑着，快跑。走，跑。

🌿译文

疏疏落落的篱笆间，一条小路伸向远方，路边树上刚长出的嫩绿新叶还不够茂密，没有形成树荫。一个孩子兴奋地奔跑着追逐一只黄色的蝴蝶，可蝴蝶翩翩飞入金色的菜花丛中，便再也找不到了。

🌿赏析

新市是宋代当时的酿酒中心。杨万里迷恋新市西河口林立的酒肆，痛饮大醉，留住在徐公的店里，看到了农村儿童春天玩耍捕蝶的快乐景象。

这首诗描绘了一派生机盎然的景象。诗人用白描的手法，绘出了一幅清新自然的画，画面上有一道稀疏的篱笆和一条幽深的小路，篱笆旁还有几棵树，树上嫩叶刚刚长出，春意盎然。篱笆和小路，点明这是农村；"新绿未成阴"和结句中的"菜花"都说明这是暮春时节。后两句"儿童急走追黄蝶，飞入菜花无处寻"是画面的中心，描绘儿童捕蝶时天真活泼的场面。"急走""追"是快速奔跑、追逐的意思，这两个动词十分形象贴切，将儿童的天真活泼、好奇好胜的神态和心理刻画得惟妙惟肖，跃然纸上。而"飞入菜花无处寻"则将活动的镜头突然转为静止。"无处寻"三字给读者留下想象空间，仿佛面前浮现出一个面对一片金黄菜花抓耳挠腮、不知所措的儿童。前两句写农村景色，是静态描写；后两句写儿童和蝴蝶，是动态描写。动静结合、自然鲜明、真切感人，别有风趣。

此诗通过对暮春时节景色的描写，体现了万物勃发的生命力。全诗所摄取的景物极为平凡，所描绘人物的活动也极为平常，但由于采取景物与人物相结合、动静相间的写作手法，成功地刻画出农村恬淡自然、宁静清新的田园风光。

稚子①弄冰

[宋] 杨万里

稚子金盆②脱晓冰③，彩丝④穿取当银钲⑤。
敲成玉磬⑥穿林响，忽作玻璃⑦碎地声。

注释

①稚子：指幼小的孩子。②金盆：金属的盆，指铜盆。③脱晓冰：诗中指小孩早上起来，从结冰的铜盆里取冰。④彩丝：多种颜色的丝线。⑤钲（zhēng）：古代打击乐器，形状像倒置的小铜钟，有柄可持。⑥玉磬（qìng）：古时一种打击乐器，用玉或石头制成，形状如同曲尺，可悬挂。⑦玻璃：古代指一种叫水玉的玉石。

译文

清晨，孩子们将铜盆里冻的冰轻轻地取出，小心翼翼地用彩线穿起，当作钲敲击。

清脆悦耳的声音如击磬的乐声般穿过树林，传出了很远。突然听见哗啦啦一声脆响，原来是冰掉在地上摔碎了。

赏析

这首诗是杨万里在宋孝宗淳熙六年（1179）春季所作。古时人们在立春前一日会举行打春牛等活动来迎春，当时任常州知州的诗人，在目睹儿童模仿大人打春牛的场景时，迅速捕捉到这一充满童趣的"弄冰"画面，并将之化为诗句记录下来。全诗四句皆紧扣题旨，围绕着一个"稚"字，生动而细腻地描述了孩童玩冰的细节：脱冰、穿冰、敲冰、碎冰，四幅小画面各成一景，又浑然一体，构成"稚子弄冰"的活动过程。这一过程被诗人写得有声有色、自然活泼。"金盆""彩丝""银钲""玉磬""玻璃"，色彩丰富而鲜明；"穿林响""碎地声"，从高亢到清脆，高低起伏，犹如乐曲；"脱""穿取""敲成""忽作"，各种动作描写十分逼真。

杨万里前期诗作师法江西诗派，注重文字韵律上的推敲，在五十岁后转变诗风，独创了"诚斋体"。而此诗充分体现了"诚斋体"的艺术特色，将生活中那些稍纵即逝的情趣，以平易浅近又不乏风趣幽默的语言表达得淋漓尽致。

下面哪句诗不是杨万里写的？

☐ A. 绕池闲步看鱼游，正值儿童弄钓舟。
☐ B. 小荷才露尖尖角，早有蜻蜓立上头。
☐ C. 接天莲叶无穷碧，映日荷花别样红。
☐ D. 正入万山圈子里，一山放出一山拦。

舟过安仁①

[宋] 杨万里

一叶渔船两小童，收篙②停棹③坐船中。
怪生④无雨都张伞，不是遮头是使风⑤。

注 释

①安仁：县名。在湖南省东南部，宋时设县。②篙：撑船用的竹竿。③棹（zhào）：船桨。④怪生：怪不得。⑤使风：诗中指两个小孩用伞当帆，让风来帮忙，促使渔船向前行驶。使，使唤，利用。

译 文

一叶小小的渔船上有两个小孩子，他们收起竹篙，停止划桨，坐在船上。怪不得没下雨他们也张开伞呢，原来不是为了遮雨，而是想借风鼓伞、推船前进啊！

赏 析

此诗写诗人乘舟路过安仁时所见到的情景。这首诗语言浅白如话，充满情趣，展示了两个小渔童充满童稚的天真行为和只有孩童才有的奇思妙想。

诗歌取材于诗人偶然间的一瞥，可见作者捕捉生活的功力非同一般。前两句设疑，描写两个孩子坐在一艘小船上，既不撑篙也不划桨，诗人不禁困惑：船还能前行吗？两个孩子这是要干什么？

后两句释疑，两个小娃张开了伞，原来不是为了遮雨，而是想通过风吹伞面带动小船前进啊！知道了原因，作者一定是哑然失笑，为两个童子的聪明，也为他们的童真和稚气，欣然提笔，记录下这充满童趣的一幕，让读者不由想象出一幅"风吹伞面，船荡清波，小童欢笑"的画面。

诗人直接把目光聚焦在儿童身上，写出了儿童的稚气行为。可以看出，杨万里对两个小童子玩耍中透出的聪明伶俐赞赏有加。当然，从中也可以看出诗人的童心未泯，表达了诗人对孩子的喜爱和赞赏。

清平乐·村居

[宋] 辛弃疾

茅檐①低小，溪上青青草。醉里吴音②相媚好③，白发谁家翁媪④？

大儿锄豆溪东，中儿正织鸡笼。最喜小儿亡赖⑤，溪头卧剥莲蓬。

注释

①茅檐：茅屋的屋檐。②吴音：吴地的方言。③相媚好：相互逗趣、取乐。④媪（ǎo）：老妇人。⑤亡（wú）赖：原指人不能

治产业，此处指小孩顽皮、淘气。亡，同"无"。

译文

　　农家低矮的茅草屋檐倒映在清澈见底的溪水中，溪畔草色青青。一对头发花白的老夫妻大概喝醉了酒，说着当地土话打趣玩笑。他们的大儿子正在小溪东边的豆田里除草，二儿子正在编鸡笼，最可爱的是小儿子，此时正在溪边趴着剥莲蓬呢！

赏析

　　清代文学家刘熙载在《艺概·词曲概》中曾道"词要清新""澹语要有味"，而辛弃疾此作正有清新有味、写景如画之风采。全词明丽晓畅、明白如话，读起来朗朗上口、音律和谐。

　　开篇即描摹农家宁静祥和宛若水墨画一般的自然风光，让人的心仿佛也跟着一起净化了，愉悦安详。紧接着，词人将目光由自然之景转向了乡土人情，平平淡淡的两句，却将亲密无间、温馨惬意的老年夫妇的生活情态完美再现。但这农家风景又怎能仅有这夫妇二人呢？词人紧接着于后面四句运用白描手法，将三个儿子的情态刻画得入木三分、惟妙惟肖，此等笔力，让人不由得钦佩不已。

　　虽是司空见惯的乡村景物，简单的情节安排，但全词没有丝毫潦草之感，反而平添了清新质朴之气。其中极强的生活气息，表现了词人心中对农村静谧祥和生活的向往，也为读者心中那位怀才不遇、渴望杀敌报国的铁血将军的身上打上了一抹柔光，平添了一丝生活气息。

村晚

[宋] 雷震

草满池塘水满陂^①，山衔^②落日浸^③寒漪^④。
牧童归去横牛背^⑤，短笛无腔^⑥信口^⑦吹。

注释

①陂（bēi）：池岸。②衔：本义是口里含着。这里指落日西沉，挂在山头，就像被山咬住了。③浸：淹没。④漪（yī）：水面上的波纹。⑤横牛背：横坐在牛背上。⑥腔：曲调。⑦信口：随口。

译文

春水涨满了池塘，岸边芳草萋萋，西沉的落日挂在山腰，山的影子倒映在波光荡漾的水面上。放牛的孩子横坐在牛背上，慢悠悠地往家走，他手中拿着短笛，不拘曲调地随便吹着。

赏析

这是一首描写乡村晚景的诗，造句清新自然而又不乏流光溢彩，描绘了一幅清雅明丽的暮归图画。

前两句写景，从"草满池塘"可知时节已是暮春，从"水满陂"可见近日多雨，草木丰茂。最妙的是第二句，山衔落日，影入寒波，一个"衔"字既惟妙惟肖地描摹出了落日的状貌，又赋予远山一层活泼的意趣，可见炼字之工。然后用一"浸"字将远山落日与近处的青草池塘巧妙地融为一体，塘中绿草映红日，碧水托青山，色彩明丽，层次分明，妙不可言。

后两句写人，放牧归来的孩子斜跨在牛背上，信口无腔地吹着短笛。"横"字既体现了儿童活泼好动、不肯端坐的天性，又与下句的"信"字一起烘托出了牧童闲适愉悦的心情，而牧童的心情正是诗人此时心情的外化。在这幅世外桃源般的乡村晚景图中，牧童无疑是画面的中心，有了牛背上的牧童，池塘、青草、远山、落日这些静态景物就具有了别样的生机。诗人以诗笔绘画境，画中有色，画外有声，以动衬静，恬淡悠远。

所见

[清] 袁枚

牧童骑黄牛，歌声振①林樾②。
意欲捕鸣蝉，忽然闭口立③。

🌿注释

①振：振荡，回荡。②林樾（yuè）：路旁成荫的树。③立：站立。

译文

一个牧童骑在牛背上欢快地唱歌，清脆响亮的歌声在茂密的树木间震荡。他想要捕捉树上的鸣蝉，忽然敛声屏气，闭口而立。

赏析

袁枚，清代诗人、散文家，字子才，号简斋，晚年自号仓山居士、随园主人，与赵翼、蒋士铨并称"乾隆三大家"。作为"乾隆三大家"之一，简斋之名一向赫赫。他生性淡泊，不事名利，年方不惑，便辞官归乡，之后广收弟子，吟咏随园，生活一派恬适。他的诗亦犹如他的人，安闲自然、清新质朴，洋溢着浓浓的赤子之情，譬如这首《所见》。

诗很短，原是诗人行游途中，见骑牛牧童，止歌捕蝉时随性而作。全诗语言朴素无华，纯用白描手法，描绘了一动一静两幅极富童趣的画面，立意新颖，描摹生动，字里行间自有几分"真性情"流洒。

首句"牧童骑黄牛"，起势平平，毫不见彩，只是对人物做了一个简单的描摹。次句，诗人却笔锋微扬，着眼于"歌声"，将牧童骑牛茂林间，高歌响遏行云的烂漫情态淋漓尽致地刻画了出来。"林樾"既写出了茂木成荫的葱茏，又暗示时值夏日。"振"与"骑"相应，不仅道出了"牧童"歌声之嘹亮清越，亦暗暗点出了"牧童"内心之欢愉无忧，细细读来，颇觉传神。第三句为过渡句，是第四句"闭口立"的缘由所在。"鸣蝉"既点明时令，亦有以蝉鸣和"林樾"之意。第四句"忽然闭口立"，是全诗的点睛之笔。"忽然"既摹出了牧童见鸣蝉的惊喜，亦隐隐道出了其性格中灵透与机警。原本骑在牛背上欢悦高歌的牧童，在听到蝉声后，便起了"捕鸣蝉"的心思，而心思乍起之后，他便迅速翻身下牛，屏息闭口而立，动静之间、行止之间，以一"忽然"自然转换，既生动，又形象。"闭口""立"两个动作相接娴熟，虽只白描，却极精妙，甫一读之，牧童那纯真可爱、机警活泼的形象便已跃然纸上。

全诗至此，便告戛然，而余味却颇显无穷。牧童"闭口立"之后做了什么？他要怎么捉蝉？他捉到蝉了吗？捉到之后会如何？捉不到又如何？对于这些，诗人一字未表，任凭读者遐思。留白之大气，用意之巧妙，细细品之，自可见一斑。

诗词拾趣

王先生的QQ签名最近改成了"庆祝弄璋之喜"，王先生最近的喜事是：

□ A. 新婚　　　　　　　　□ B. 搬家

□ C. 妻子生了个男孩　　　□ D. 考试通过

动物

龟虽寿

[东汉] 曹操

神龟①虽寿，犹有竟②时；
腾蛇③乘雾，终为土灰。
老骥④伏枥⑤，志在千里；
烈士⑥暮年，壮心不已⑦。
盈缩⑧之期，不但⑨在天；
养怡⑩之福，可得永⑪年。
幸甚至哉，歌以咏志⑫。

注释

①神龟：古时传说有灵性的乌龟，能活几千年。②竟：终结，这里指死亡。③腾蛇：古书上说的一种能腾云驾雾的神蛇。腾，一作"螣"。④骥(jì)：好马，千里马。⑤枥(lì)：马槽。⑥烈士：有气节、有壮志的人。⑦已：停止。⑧盈缩：盈，满，引申为长；

缩，亏，引申为短。这里指人寿命的长短。⑨但：仅，只。⑩养怡：调养身心，保持身心愉快。⑪永：长久，这里指长寿。⑫幸甚至哉，歌以咏志：这两句是乐府诗的一种结尾形式。

译文

　　神龟虽然长寿，也有死亡的时候。灵蛇能腾云驾雾，最终也会化为灰土。良马虽老迈，但它伏在马槽吃草时，还想着驰骋于千里之外。胸有大志的人，到了晚年，壮烈豪迈之心也不会止息。人的寿命长短，不只在于天命，也在于后天的保养。只要注意保持身心健康，就可以益寿延年。我们多么开心，大声歌唱来抒发内心的情怀和志向！

赏析

　　这首诗是曹操五十三岁时所作。建安十二年（207），曹操亲率大军北征，千里奔袭，一举剿灭乌桓，也消灭了袁绍残存的势力。除去乌桓这个北方大患，曹操南征再无后顾之忧，回军途中，他意气风发、壮烈豪迈，遂用乐府旧题创作了《步出夏门行》组诗，本诗是组诗中的第四篇。

　　诗歌开篇以神龟和灵蛇说明生命有始有终，再长寿的生命也不免归于尘土。中国古时，龟、龙、凤、麒麟并称四灵，而腾蛇亦是与龙同种的神物，四大神兽中的两种入诗人笔下，灵动豪迈，气势不凡。除了文字上的雄奇，这四句诗中寄寓的道理也令人叹服。对比历史上同样雄才大略的秦皇汉武，比起他们炼丹服药、追慕长生的种种，曹操要清醒、睿智得多。

　　此诗起笔很高，转折亦新奇。曹操一扫汉末文人感叹浮生若梦、劝人及时行乐的悲调，慷慨高歌，自比一匹上了年岁的千里马，虽年老体衰，屈居枥下，但胸中仍然激荡着驰骋千里的豪情。作者希望继

续建功立业、统一中国的雄心壮志激荡在字里行间，让读者不禁心潮
澎湃。"老骥伏枥，志在千里"遂成千古名句，激励后来者生命不息，
奋斗不止。

抒发豪情壮志之后，作者汹涌的情怀略有平复，针对人生苦短，
盛年不再，指出"养怡之福，可得永年"，这既是对自己的勉励，又是
对跟随他的将士们的抚慰。曹操所谓的"养怡之福"，不是无所事事，
坐而静养，而是指一个人无论年龄大小，都要有积极昂扬的精神状貌，
不因年暮而消沉，保持精神与思想上的青春，这一点与苏轼的"休将
白发唱黄鸡"有异曲同工之妙。

综上，曹操不追求长生不老，在对生命有理性认识的基础上追求
生命的价值和意义，让生命在有限的长度中到达更高、更广的境界。
要深入理解这首诗的艺术价值，可联系曹操一生的功业考虑。他诛吕
布、平袁绍、征乌桓，鞍马为文，横槊赋诗，其诗悲壮慷慨，爽朗刚
健，震烁古今，是"建安风骨"的代表人物之一。

咏鹅

[唐] 骆宾王

鹅，鹅，鹅，曲项①向天歌②。
白毛浮绿水，红掌拨清波③。

注释

①项：脖子。②歌：欢叫、鸣叫。③拨清波：划水。

译文

鹅啊鹅啊，你弯曲着脖子，向着天空大声欢叫，洁白的羽毛浮在碧水之上，红色的脚掌在水中轻盈地划动。

赏析

骆宾王为"初唐四杰"之一，这首《咏鹅》写于他七岁时。全诗虽只有四句，读起来却朗朗上口，简洁明快，写出了鹅的样子、游水时美丽的外形和轻盈的动作，从诗中可以看出诗人对鹅的赞美与喜爱。因这首诗创作时诗人尚属儿童，故没有太多的思想内涵，但因为清新的语言、形象的描写却千古流传，堪称唐诗的经典。

逢雪宿芙蓉山①主人②

[唐] 刘长卿

日暮苍山远，天寒白屋③贫④。
柴门⑤闻犬吠⑥，风雪夜归人⑦。

注释

①芙蓉山：各地以芙蓉命山名的不少，这里大概指位于湖南

省宁乡市与安化县交界地带的芙蓉山。②主人：诗人所宿之家。③白屋：贫民所居之屋，因屋顶用白茅覆盖或木材不加油漆而得名。④贫：指萧条冷落。⑤柴门：农舍人家用柴木做成的门。⑥吠：狗叫。⑦夜归人：关于这句的解释历来有分歧。一种意见认为"夜归人"指诗人自己；另一种意见是诗人当时已宿下，听到主人在风雪之中归来。下面译文和赏析中采用的是第二种解释。

译文

暮色苍茫，路途遥遥，我在山间踽踽独行，远远看见一所简陋的茅屋矗立于这黄昏的寒山之间。我在茅屋宿下后，入夜风雪大作，突然听到门口一阵犬吠，原来是主人顶风冒雪归来。

赏析

此诗作于诗人贬谪睦州之时，写一位行途上的旅客，在日暮天寒之时寻找投宿的情景。全诗用凝练的笔法，通过寥寥二十字描画出一幅寒山夜宿图。

全诗按照时间顺序写成，首句写诗人在傍晚的山路上艰难行进时的感受，暮色苍茫，路途遥遥，透过一个"远"字，读者自然可以想见诗人在山路上行进时的那份孤寂、劳顿以及急于投宿的心情。次句写到达投宿人家时的所见，这是一所普通的茅屋，"白"和"贫"俱言其清寒。"天寒"为下句中夜来风雪埋下伏笔。

后两句写入夜后的所闻，此时诗人已在茅屋宿下。一"闻"一"吠"两个动词前后呼应，为苍茫的画面增添了活泼的动感。柴门、犬吠、主人风雪夜归，至此景已尽，而意却无穷，每句诗都构成一个独立的画面，可谓诗中有画，画外有情。

绝句二首（其一）

[唐]杜甫

迟日①江山丽，春风花草香。
泥融②飞燕子，沙暖③睡鸳鸯。

注释

①迟日：春季太阳落山渐晚，因此叫迟日。②泥融：泥土湿软。③沙暖：暖和的沙滩。

译文

春天江山秀丽，春风轻拂，花草散发着芬芳。泥土软润，燕子飞来飞去衔泥筑巢；沙滩温暖，鸳鸯成双成对睡在上面。

赏析

"安史之乱"被平定后，杜甫回到成都草堂，在春景中偶有感想，信手拈来两首绝句，未另起名字，就以"绝句"为名。这是其中第一首。

这首五言绝句两两相对，对仗工整。后人称杜甫能"以诗为画"，的确如此，短短二十个字，就融合了日光、山河、春风、花草、泥土、燕子、沙滩、鸳鸯，景色之丰富，观察之入微由此可见。诗人写出了春天的欣欣向荣、色彩明丽、生动活泼，是杜甫写景诗的绝佳代表。

诗词拾趣

填动物名称，将下面的诗词名句补充完整。

1. 两个 ☐☐ 鸣翠柳，一行 ☐☐ 上青天。

2. 无可奈何花落去，似曾相识 ☐ 归来。

3. 云中谁寄锦书来，☐ 字回时，月满西楼。

4. 细雨 ☐☐ 出，微风 ☐☐ 斜。

5. 西塞山前 ☐☐ 飞，桃花流水 ☐☐ 肥。

6. ☐☐ 一去不复返，白云千载空悠悠。

滁州西涧

［唐］韦应物

独①怜②幽草③涧边生，上有黄鹂深树鸣。
春潮④带雨晚来急，野渡⑤无人舟自横。

注释

①独：唯独。②怜：爱，喜欢。③幽草：幽深处的小草。
④春潮：春天的潮汐。⑤野渡：郊野的渡口。

译文

滁州西涧边的碧草青翠茂盛、生机勃勃，让人心生怜爱；枝繁叶茂的大树上，有黄鹂在欢快地鸣叫。傍晚时分，伴随着一阵急雨，涧中春水猛涨；郊野的渡口空无一人，只剩渡船随意地横在水面上。

赏析

《滁州西涧》是韦应物的山水名篇、传世之作，诗只是一首浓情的小诗，但立意清幽、语言婉和，比兴于景、韵味深长，读来让人心向往之，感同身受。

诗开篇直入主题，用清雅的笔墨描绘了滁州西涧春日清幽的景致：涧水蜿蜒，静水长流；涧边，人迹罕至，芳草萋萋，蔓延出一片茵茵翠色。溪涧之上，芳草侧畔，有古木繁茂，黄鹂鸟在枝叶间欢快地鸣叫。"幽草"句着意写视觉，"黄鹂"句重点在听觉，两相结合，自然勾勒出一幅清幽雅致的春日图景。

如是时，一般的游人更爱枝头娇俏的黄鹂，但诗人却"独怜"涧边的幽草。"独怜"，不仅直白地写出了诗人的偏好，也表现了诗人的不流于俗。而且，"黄鹂""幽草"，一上一下、一动一静，相互对照，别有几分比兴的意味，寓意"君子在下，小人在上"，朝中奸佞谄媚之徒当道，耿介清流却不受重用。

三、四两句，诗人笔锋转折，视线从涧边转到了涧中。日暮雨落，涧水因为落雨而骤然增多，郊野渡口，人踪杳杳，只有一叶孤舟横于水上。舟本是用来载人的，但值此水急浪湍的时候，舟却闲了下来，无所事事，唯有横陈水上。貌似闲逸，却暗含"不在其位，用武无地"的哀凉。

全诗不过短短四句二十八字，却蕴含了太多的感情与叹惋，尤其是"幽草"语，尤为深邃，静静思之，方解其中真味。

长安遇冯著①

[唐] 韦应物

客②从东方来，衣上灞陵③雨。

问客何为来？采山④因买斧⑤。

冥冥⑥花正开，飏飏⑦燕新乳。

昨别今已春，鬓丝⑧生几缕？

注释

①冯著：韦应物的朋友。起初在家乡隐居，后到长安求仕，但仕途失意，约在大历四年（769）赴幕到广州，十年后又回长安。②客：指冯著。③灞陵：汉文帝陵墓，在西安东郊山区。这里并非实指，汉代灞陵山区是长安附近著名的隐逸地，用来形容冯著兼具隐士和名士风度。④采山：语出左思《吴都赋》"煮海为盐，采山铸钱"。入山采铜以铸钱，这里指冯著谋仕。⑤买斧：化用《易经》中的"旅于处，得其资斧，我心不快"。意思是旅

居此处做客，但不得平坦之地，还得用斧头砍斫荆棘，所以心中不快。此处指冯著谋仕未成，心中不快。⑥冥冥：自然界幽暗深远的样子。⑦飏（yáng）飏：鸟儿飞翔时的样子。⑧鬓丝：鬓角的白发。

译文

老朋友从东方来，衣服上还留有灞陵的落雨未干。问你为何而来？原来是开山辟地需要买斧头。广袤深远的自然界中鲜花盛开，哺育幼雏的燕子也在欢快地飞翔，到处一派生机勃勃的新春气象。去年一别如今又是春天，两鬓的白发不知又添了几根呢？

赏析

这首诗创作于唐大历四年（769）或十二年（777），诗人的笔调亲切而略带诙谐，对朋友冯著既表达了自己的理解和同情，又充满了慰藉和劝勉，因此这首诗写得流畅活泼、风趣幽默。宋代刘辰翁评价此诗："不能诗者，亦知是好。"

诗的开篇，诗人便将从长安东边来的、具有隐居名士风度的冯著介绍给读者。接着，诗人语带双关地将冯著的目的和境遇描述了出来。其中"采山""买斧"等词实际上是将冯著求仕不遇、心中愤懑表现了出来，诗人以这种笔调来消除友人心中的不快，同时将劝慰的主题引申出来。"冥冥花正开，飏飏燕新乳"，新春气象寓意了造化的勃勃生机，这恰是在劝慰冯著不要对自己的前程失去信心，况且冯著正当盛年，正是大有可为之时。

这的确是一首意味隽永、笔调生动的诗，诗人创造性地吸收了乐府歌行的结构、手法和语言等特色，其中借景言情更见清新明快、委婉圆转之妙。

襄阳寒食①寄宇文籍②

[唐] 窦巩

烟水初销见③万家，东风吹柳万条斜。

大堤欲上谁相伴，马踏春泥半是花。

注释

①寒食：寒食节，在清明前一两天。②宇文籍：人名，大概是作者的一个朋友，生平不详。③见：现，显露。

译文

江上迷蒙的烟雾散去，岸边的万千人家方才映入眼帘。东风轻拂，柳条随风斜斜摆动。我想到大堤上赏春，可谁能与我相伴而去呢？马蹄踏在湿润的泥土上，居然有一半都是落花。

赏析

此诗应作于窦巩在襄阳做幕府期间。襄阳三面环水，所以烟水迷蒙，待红日高升，阳光驱散薄雾，才能看到岸边的万千人家。"见"字运用极为生动，将襄阳城于烟水之间若隐若现的情态描摹得极妙。东风吹柳，马踏落花，说明春光正盛。如此美景，诗人当然希望能与好友共赏，但好友不在身边，美景只能一人独赏，"谁相伴"蕴含了无限伤感，表达了诗人对好友宇文籍深切的思念。末尾一句"马踏春泥半是花"与"踏花归去马蹄香"有异曲同工之妙，对春花之多、之美不着一字，读者却从落花满地的大堤窥见这一场繁盛的花事。"香"作用于嗅觉，读诗已毕，芬芳却久久萦绕不去，令人陶醉其中，不能自拔。

和①子由②渑池③怀旧

[宋] 苏轼

人生到处知何似，应似飞鸿④踏雪泥。

泥上偶然留指爪，鸿飞那复计东西。

老僧已死成新塔⑤，坏壁无由见旧题。

往日崎岖还记否，路长人困蹇驴⑥嘶。

注释

①和（hè）：应和。这里指依照别人诗词的内容和格律来写作诗词。②子由：苏轼胞弟苏辙的字。③渑（miǎn）池：地名，在今河南省。④鸿：大雁。⑤"老僧"句：老僧指僧人奉闲。苏辙在其诗"旧宿僧房壁共题"句注，"昔与子瞻应举，过宿县中寺舍，题其老僧奉闲之壁"。古代僧人死后，骨灰收在塔中。⑥蹇（jiǎn）驴：跛脚的驴子。

译文

人生漂泊无定，所到之处就像飞翔的大雁偶尔落在雪地上，趾爪留下了点点印痕。可大雁再次腾空飞翔时，哪里还会在意这点微末痕迹。老僧奉闲已去世，骨灰已置放在新塔中。当时题诗的墙壁也已损坏，看不到昔日的墨迹。我们当初赴京应试，道路崎岖难行的情形你还记得吗？路途遥遥，行人困倦，连我骑的那头跛脚的驴子也累得嘶鸣不已。

赏析

这首七言律诗是苏轼的名篇之一，本为应和其胞弟苏辙之诗而作，后因其中"雪泥鸿爪"一喻而闻名。

宋仁宗嘉祐元年（1056）时，苏洵带着苏轼和苏辙赴京应试，路经渑池时曾借住在僧人奉闲的僧舍，兄弟俩曾题诗于墙壁上。嘉祐六年（1061），苏轼到陕西凤翔赴任，再过渑池，苏辙送苏轼到郑州后回京，作诗《怀渑池寄子瞻兄》相赠："相携话别郑原上，共道长途怕雪泥。归骑还寻大梁陌，行人已度古崤西。曾为县吏民知否？旧宿僧房壁共题。遥想独游佳味少，无言骓马但鸣嘶。"

苏轼此诗前四句为全诗重心所在，以飞鸿在雪泥上留下的爪印，来比喻往事在漫长人生中留下的痕迹。这一比喻可谓既新奇又形象，"飞鸿踏雪泥"是偶然的，往事的发生是随意的；"鸿飞"后东西四散，雪上的爪印也渐渐消失，而往事之所以成为往事，是因为置身其中的人会随着命运的安排各奔前程，曾经发生的事，当时在意的也好，不在意的也好，都将被新的事湮没，成为留存在记忆中的一抹影子。

结合诗歌的写作背景来看，苏轼在此引出的雪泥鸿爪之喻是有针对性的，一是在字面上沿用苏辙诗中的"雪泥"二字，二是在情绪上照应苏辙"遥想独游佳味少"的落寞。须知飞鸿在古时是志向远大的象征，"鸿飞那复计东西"其实是苏轼对胞弟苏辙的安慰与劝勉，表示往事可追忆但不必伤怀，因为两人要像飞鸿一样忘却雪泥上的爪印，飞向远方。

诗的后四句着墨于怀旧，回忆昔年与弟在僧舍墙壁题诗以及赴京途中的艰辛，将雪泥鸿爪的感慨具体化，从中可见世事变化，人生无常。末联两句苏轼曾注曰："往岁马死于二陵，骑驴至渑池。"故而有"人困蹇驴嘶"一说，表达了诗人对与苏辙相伴时光的眷念之情。

诗词拾趣

苏轼：一生坎坷，半世流离

才名满天下的苏轼仕途非常不得志，他直言敢谏，以民为本，政治敏感度不高。在神宗启用王安石主持变法时，他不容于新党，于是自请外调出任地方官，先后在凤翔、杭州、密州、徐州、湖州等多个地方任职。后来因为"乌台诗案"被发配黄州出任团练副使这个微末官职。

哲宗刚即位时，高太后摄政，司马光被重新启用，新党受到打压，苏轼被召回朝廷委以重任。但他不满旧党对新法的一概否定，主张存利去弊，又不能见谅于旧党，只得再一次自请外调出京，二次到杭州任职，此后曾调任知颍州、扬州、定州。

元祐八年（1093），哲宗亲政后启用新党，苏轼接连被降职，流落惠州（今广东惠州）。四年后，苏轼被一叶扁舟送到了荒僻偏远的儋州（今海南儋州）。豁达淡泊、随遇而安的苏轼在儋州办学堂、兴教育，成为儋州文化的开拓者、播种人。

徽宗即位后，苏轼相继被调为廉州安置、舒州团练副使、永州安置。元符三年（1100），朝廷颁行大赦，苏轼复任朝奉郎。次年，苏轼北上复职行至常州时逝世，享年六十五岁。一代文豪陨落。

苏轼一生坎坷，半世流离，他在调任凤翔途中所写下的"人生到处知何似，应似飞鸿踏雪泥"，不幸一语成谶，由此开启了后半生的漂泊之旅。但诗人仕途不幸诗坛幸，苏轼饮下生活的苦酒，唱出清丽隽永的诗句，让千年以后的我们可以吟着"小舟从此逝，江海寄余生"快意江湖，可以诵着"竹杖芒鞋轻胜马，一蓑烟雨任平生"而坦然面对人生风雨。

小池

[宋] 杨万里

泉眼无声惜①细流，树阴照水爱晴柔②。
小荷才露尖尖角③，早有蜻蜓立上头。

注释

①惜：吝惜。②晴柔：天气晴朗的日子里柔和的风光。③尖尖角：刚刚露出水面还没有舒展的嫩荷尖端。

译文

泉眼似乎很吝惜泉水，所以一线细细的水流缓缓而出，悄然无声。水边的树木喜爱这晴和的夏日风光，把自己的影子投映在清澈的泉水中。荷花的叶片刚刚在水面上露出一个尖尖的小角，蜻蜓就翩然而至，轻轻地落在上面。

赏析

这是一首精致、小巧的清新诗作，是杨万里最为脍炙人口的作品之一。全诗通篇展现着轻柔、活泼、明快的初夏景致，处处彰显诗人对生活的热爱之情，更表达趣味盎然的生活之乐。

前两句描写泉水和绿树。这种直白的描景之句虽不深奥，却句句如画，把泉水之晶莹、晴日之美好皆表达得恰到好处，给人一种阳光融融、细水涓涓的自然美感。后两句则为妇孺皆知的名句，娇嫩的荷花小叶如同美女出浴一般昂立于水间，蜻蜓如约而至，调皮地与小荷互动起来。这诗中既有夏日美景的写照，又不失景致的生机之趣，可谓景、趣相融。诗之全篇落笔于一个"小"字，小池、小荷、细流、蜻蜓，其势皆以娇小为象，给人精致不已之感。但它的意境却一点儿也不因这"小"字而逊色。景致之生动，生活之趣味，诗人心情之灵动，皆在小景之中得到扩张，使人读之有物，感之有趣，口诵心想之间遍涌浓郁之味。王国维在《人间词话》中说："境界有大小，不以是而分优劣。"诗人的这首《小池》恰恰将此话表现到极致。

乡村四月

[宋] 翁卷

绿遍山原白满川，子规①声里雨如烟。
乡村四月②闲人少，才了③蚕桑又插田。

注释

①子规：指杜鹃。②四月：这里指农历四月。③了（liǎo）：结束。

68

译 文

山岭原野到处一片青翠，河渠溪流纵横交错，水波粼粼。细雨如烟如雾，杜鹃鸟在花木的枝叶间轻轻啼鸣。乡村的四月间少有悠闲的人，人们才忙完采桑养蚕，又到田里去插秧。

赏 析

终南宋一朝，词传千古者几多，诗开锦绣者却少。"永嘉四灵"之一的翁卷或许不是南宋最卓绝不凡的诗人，但他真切浑朴、野逸恬淡的诗歌的确是那烽火连天的岁月里最灼灼的一抹亮色。

翁卷工诗，擅七绝，更擅五律，多咏景状物之作，《乡村四月》便是其中最具代表性的一首。全诗格调清丽，意境简远，笔触细腻，色彩明快，有色有声，节奏流畅，隽美中自有一股淳厚的风情扑面，细细读来，颇可赞叹。

诗的开篇，以白描的笔法着意描写了江南乡间四月初夏时节的清丽景致。山与川相映，绿与白互佐，色彩明艳，生动蓬勃。第二句从听觉角度写景，蒙蒙细雨中，山婀娜，水独秀，远远近近的枝叶间，间或有杜鹃鸟的鸣啼轻轻响起。此情此景，本已绝美，再和以首句之满目浓绿、茫茫银白，有声有色，韵律天然，寥寥几笔，便把江南四月的秀与清描绘得淋漓尽致。

三、四两句，诗人由景及人，落笔情切，用不浓烈却最质朴的语言对四月乡间忙于农事的人做了勾勒。四月里，正是农忙时节，家家户户无闲暇，不是养蚕种桑，就是栽插秧苗，欢欢喜喜，热热闹闹，那般情景总令人忍不住心生向往。

草树

咏史

[西晋] 左思

郁郁①涧底松，离离②山上苗③。
以彼④径寸茎⑤，荫⑥此⑦百尺条⑧。
世胄⑨蹑⑩高位，英俊⑪沉下僚⑫。
地势使之然，由来非一朝。
金⑬张⑭藉旧业，七叶⑮珥汉貂⑯。
冯公⑰岂不伟⑱，白首不见招⑲。

🎋 注释

①郁郁：茂密浓绿的样子。②离离：下垂的样子。③苗：初生的草木。④彼：指山上苗。⑤径寸茎：一寸粗的茎。⑥荫：遮蔽。⑦此：指涧底松。⑧条：树枝，这里代指树木。⑨世胄（zhòu）：世家子弟。胄，古代帝王或贵族的子孙。⑩蹑（niè）：履、登。⑪英俊：有才华的人士。⑫下僚：下级官员，即属员。⑬金：指汉金日磾

（jīn mì dī），他家自汉武帝到汉平帝，七代为内侍。⑭张：指汉张汤，他家自汉宣帝以后，有十余人为侍中、中常侍。⑮七叶：七代。⑯珥（ěr）汉貂：汉代侍中、中常侍的帽子上，皆插貂尾。珥，插。⑰冯公：指汉朝的冯唐。他出仕较晚，且为人耿直，历经文帝、景帝、武帝三朝，官职不高。后来武帝想重用他，可他已经九十多岁无法为国效力了。所以王勃在《滕王阁序》中有"冯唐易老，李广难封"之句。⑱伟：奇。⑲见招：见，表被动，是被召见的意思。

🌿 译 文

郁郁葱葱的高大松树生长在山涧底部，枝叶摇摆低垂的小树生长在山顶上。小树粗刚盈寸，却能遮住下面高大粗壮的大松树。

世家子弟官居高位，寒门人士即使才能出众，也只能担任低级官吏。这种情况就如涧底的大松树和山顶的小树一样，是由地势决定的，且由来已久，不是一朝一夕的事。

汉代金日磾和张汤的子孙后代凭祖上的余荫，数代身居高位。冯唐难道不算是个奇伟的人才吗？等到头发都白了还没有被重用。

🌿 赏 析

这是一首讽喻诗，借"涧底松"和"山上苗"讽喻当时的门阀制度。门阀制度是指按门第和家族功业选拔任用官吏的制度，萌芽于两汉，至两晋南北朝时达到顶峰，隋唐兴科举后才慢慢消亡。门阀制度使得国家的重要官职长期被世族大家所垄断，政治黑暗，腐败横行。出身寒门的左思虽惊才绝艳，却屡不得志，满腔愤懑只得凝注笔端，发出"世胄蹑高位，英俊沉下僚"的呐喊。

左思凭借《三都赋》创造了"洛阳纸贵"的盛况，足见其高才。

这首诗没有华丽的辞藻，却借物说理，简明深刻，发人深省。诗作开篇以"涧底松"和"山上苗"设喻，将寒门才俊与贵胄子弟的境况揭示得淋漓尽致。贵胄纨绔凭借出身的优势身居高位，寒门才俊再努力也只能在下层小吏中辗转糊口，这种不公积弊已久，非一朝一夕使然。

接下来四句，是对"世胄蹑高位，英俊沉下僚"的具体阐述。诗人一方面以金、张两个威势赫赫的家族为例，说明"山上苗"们的天然优势；另一方面，又以冯唐为例，说明"涧底松"们的悲哀，空有才华抱负又能怎样？不过是蹉跎到老罢了。诗人表面上是咏历史人物，实际上是抒发自己的情怀，借历史对当时不公平的社会现象进行无情揭露和辛辣抨击。

感遇十二首（其一）

［唐］张九龄

兰叶春葳蕤①，桂华②秋皎洁。
欣欣此生意，自尔为佳节③。
谁知林栖者④，闻风坐⑤相悦。
草木有本心⑥，何求美人⑦折！

注释

①葳蕤：草木枝叶繁茂纷披的样子。②华：同"花"，指开花。③节：时节。④林栖者：指隐逸山林的隐士、高士。⑤坐：因而。⑥本心：天性。⑦美人：此处指隐士、高士。

译文

春天，兰草的叶子繁茂纷披；秋天，桂树的花朵洁净明媚。草木的勃勃生机，顺应着自然时节而来。山林中的隐士高人，闻到清风吹送的芬芳香气而满怀欣悦。草木散发芬芳是其天性，哪里会希求贤士来攀折呢！

赏析

张九龄聪明敏慧，善为诗文。他官至宰相，举止娴雅，风度不凡，秉公守则，选贤任能，直言敢谏，是开元盛世的最后一位名相。后因劝谏玄宗，被李林甫忌恨，贬为荆州长史。遭贬后，他作《感遇十二首》，表达自己高洁的品行和为国为民的忧思。此为第一首。

首联化用屈原《九歌》中的"春兰兮秋菊，长无绝兮终古"。春兰、秋菊皆为花中君子，九龄生于岭南，多见桂树，是以用桂代菊，自然贴切，可见造句之工。兰桂并举，兰取其叶，桂咏其花，这是互文手法，分别以叶和花代全株，描摹出春兰绿叶纷披、花朵鲜妍明媚，秋桂枝叶浓碧、花儿清新嫩黄的勃勃生机。颔联和颈联紧承首联，指出春兰秋桂只是顺应时节而发，荣而不媚，哪怕能引得林间隐士乐而忘忧，草木也只是随其天性而已。尾联进一步明确主旨——草木自开自落，是出自本心，根本不是为了取悦谁，象征着诗人刚正不阿的高洁品性。

诗作以兰桂的清雅芬芳来比喻自己守正不阿、志洁行芳，表达了诗人遭贬之后从容超脱的襟怀。诗作行文和缓，意蕴紧凑，读来清新恬淡，寓理深远。

九月九日^①忆山东^②兄弟

[唐] 王维

独在异乡为异客，每逢佳节倍^③思亲。
遥知^④兄弟登高处^⑤，遍插茱萸^⑥少一人。

注释

①九月九日：农历九月初九重阳节。②山东：指华山以东。③倍：加倍，更加。④遥知：远远猜想。⑤登高处：重阳节当天，民间有登高避邪的习俗。⑥茱萸（zhū yú）：一种有浓烈香味的植物。古代风俗有一种说法，重阳节折其插头，可以延年益寿，消灾避祸。

译文

独自一人客居异乡，每到节日我就加倍思念亲人。想到千里之外的兄弟们此时身佩茱萸登上高处，也会因为少了我一个而心生遗憾吧。

赏析

王维这首诗作于其少年漫游洛阳、长安等地期间。前两句直抒胸臆，从自我感受的角度来表现思亲之情。后两句通过"遥知"转到从亲人角度来加深表现两地相思。结句将

74

全诗感情推向高潮，未再直言思亲，而其情自现。全诗语言朴素，自然流畅，构思精巧，"每逢佳节倍思亲"成为千古名句。

请根据以下线索，说出一位诗人。

☐ 他是一位盛唐诗人。

☐ 他通常被视为山水田园派诗人。

☐ 他在"安史之乱"中做了安禄山"大燕国"的伪官。

☐ 他的名句"愿君多采撷，此物最相思"流传千古。

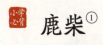

鹿柴①

[唐] 王维

空山不见人，但②闻③人语响。
返景④入深林，复照青苔上。

💚**注释**

①鹿柴（zhài）：辋川别业一景。柴，栅栏、篱笆。②但：只。③闻：听见。④返景：落日返照。

译文

幽静的山谷中不见人影，只隐隐约约能听到远处似乎有人在说话。落日的余晖投入茂密的树林，又照在幽暗处的青苔之上。

赏析

唐代诗人王维有"诗佛"之称，平日喜爱参禅悟理，其诗中也常渗透着佛理。王维在早年也曾有过建功立业、出将入相的雄心壮志，因此他的早期诗歌是明快洗练、铿锵有力的，如《少年行》等诗作。可是他中年遭遇变故。"安史之乱"爆发，一时朝野动荡，沧海横流，天子出逃，烽烟四起。被乱世潮流裹挟的王维被逼无奈在伪朝做官，这种事二主的行为给他的人生抹了一笔难以洗清的污迹。"安史之乱"被平定后，王维的少年意气已经被消磨殆尽。他向佛释之道中寻求解脱之法，晚年性情更是淡泊无争。他在长安东南的蓝田县辋川终南山上建造了别墅，常常与好友在附近游山玩水，"行到水穷处，坐看云起时"，便因此题下许多诗词。这首《鹿柴》便是此时所作。

"鹿柴"其实是诗人的一座别墅，坐落在空山之间。开首两句寥寥几笔便将鹿柴周边幽谧的环境勾勒出来。这两句诗淡泊如水，句意浅白易懂，但所营造的境界却十分空远阔大。在这样一座空旷寂寥的山中，四顾无人，只有树影阑珊，清风穿过，隐约送来远处人语声。这两句的重点不在"人语"上，而在"空山"上。诗人以动写静，风中模糊人语更衬得此处幽静寂冷，便如"万籁此皆寂，惟闻钟磬音"一般。人语如绰绰约约的影子，缭绕在诗人的身畔，加重了诗人的孤独感。

接下来，诗人并没有再将笔触伸向那谈话之人一探究竟，而是回顾身畔。也正是诗人的"无动于衷"，造就了此诗超尘出世的非凡境界。此时已然是黄昏时分，太阳的余晖落进林中。树林荫翳，斜晖刺破繁茂枝叶，落在石顶青苔上。"返景"透着暖意，而"青苔"却是湿冷冰凉的，两者的邂逅顿时使诗歌生出别样的禅意。若说"空山不见人，但闻人语响"时的诗人，祈盼着与十丈红尘相接，"返景入深林，复照青苔上"时的诗人便是完全超脱出尘世，来到了一片清静世界之中。诗人之心意消融在这一片山光水色之中，得到了无上的宁静与平和。

　　王维半生漂泊，在出仕与隐居之间摇摆不定，颠倒折磨半生，他终于在佛释之道中寻到了心灵的归宿，这何尝不是一种幸运。王维在这首《鹿柴》中表现出的归隐之意已经非常明显了，但仅仅隐遁山林的逃避是不能与这首诗中的境界相衬的，在归隐山林之前，诗人将自己纠结摇摆的心安定了，从此"此心安处是吾乡"，这才是真正意义上的归隐，才是真正意义上的悟道。在写这首诗时，诗人的内心必定是无比平静淡然的。后世之人在读这首诗时，亦能在这首诗中寻到久违的平静与清凉，能够让燥热的心得到片刻歇息。

乌衣巷①

[唐] 刘禹锡

朱雀桥②边野草花③，乌衣巷口夕阳斜。
旧时王谢④堂前燕，飞入寻常百姓家。

注释

①乌衣巷：在今南京南城，与朱雀桥相近。三国时为吴国军营，士兵着黑衣，称乌衣营。晋时为王导、谢安等豪门世族居处。②朱雀桥：在朱雀门外秦淮河上，今南京城外。③花：此为开花之意，作动词。④王谢：东晋时以王导、谢安为代表的两姓豪门望族。

译文

朱雀桥边的丛丛野草绽放出花朵，乌衣巷口的残阳此时也照进了幽深的巷子。以前萦绕在王、谢两个豪门士族梁间的燕子，现在飞入了普通百姓家里。

赏析

《乌衣巷》是刘禹锡的怀古名篇之一，诗人借几处随意的自然景观表达了兴亡变幻、世事无常的慨叹。首句"朱雀桥边野草花"，朱雀桥横跨南京秦淮河上，是由市中心通往乌衣巷的必经之路。桥同河南岸的乌衣巷，不仅位置相邻，历史上也有瓜葛。东晋时，乌衣巷是高门士族的聚居区，开国元勋王导和指挥淝水之战的谢安都住在这里。旧日桥上装饰着两只铜雀的重楼，就是谢安所建。在字面上，朱雀桥又同乌衣巷偶对天成。用朱雀桥来勾画乌衣巷的环境，既符合地理的真实，又能造成对仗的美感，还可以唤起读者对与其有关的历史的联想，是"一石三鸟"的选择。句中引人注目的是桥边丛生的野草和野花。草长花开，表明时当春季；"草花"前面加上一个"野"字，这就给景色增添了荒僻的气象；再加上这些野草野花是滋蔓在一向行旅繁忙的朱雀桥畔，对照昔日的辉煌，不免苍凉。

第二句"乌衣巷口夕阳斜"，表现出乌衣巷不仅是映衬在败落凄凉的古桥的背景之下，而且还呈现在斜阳的残照之中。句中作"斜照"解的"斜"字，同上句中作"开花"解的"花"字相对应，俱用作动词，它们都写出了景物的动态。"夕阳"，这西下的落日，再点上一个"斜"字，更突出了日薄西山的惨淡情景。本来，鼎盛时代的乌衣巷口，应该是衣冠来往、车马喧嚣的，而现在，作者却用一抹斜晖，使乌衣巷完全笼罩在寂寥、惨淡的氛围之中。

　　三、四句，诗人把笔触转向了飞燕，让人们沿着燕子飞行的方向去辨认，如今它们已经飞入寻常百姓家了。诗人的感慨藏在景物描写之中，因此虽然景物寻常，语言浅显，却有一种蕴藉含蓄之美，使人读起来回味无穷。

天津桥①

[唐] 白居易

津桥东北斗亭西，到此令人诗思迷。
眉月晚生神女浦②，脸波春傍窈娘堤。
柳丝袅袅风缫③出，草缕茸茸雨剪齐。
报道前驱少呼喝，恐惊黄鸟不成啼。

注 释

　　①天津桥：位于今河南洛阳，始建于隋，毁于元代，是沟通洛阳南北的重要通衢，也是唐朝时洛阳的一处赏春胜地。②神女

浦（pǔ）：与下句的"窈娘堤"一样同为地名。浦，水边。③缲（sāo）：同"缫"，指把蚕茧浸在热水里抽出蚕丝。

译文

我行至天津桥东面、北斗亭之西，但见春光旖旎，不禁诗兴大发。神女浦上新月初升，如女子的一弯秀眉；窈娘堤旁水波荡漾，像春日少女明媚的脸庞。柔嫩的柳条袅袅婷婷、摇摇摆摆，好像是在春风中沐浴后抽出的碧丝；绿茸茸的细草刚刚长齐，像是被春雨修剪过一番。提醒前面开道的差役不要大声呼喝，以免惊动了枝头的黄莺，不再发出婉转的啼声。

赏析

洛阳是李唐的东都和武周的神都，洛河穿城而过，天津桥即位于洛河之上，是当时洛阳城里最重要的交通枢纽。桥与周围景物配合协调，风光秀丽，因而桥上不仅车马川流不息，还经常有人驻足眺望，盘桓游乐，甚至一些官方活动和政治事件也出现在这里。所以，天津桥经常会出现在唐人的诗中。比如皇甫冉的"晴烟霁景满天津，凤阁龙楼映水滨"，比如李商隐的"天津西望肠真断，满眼秋波出苑墙"。其中又以白

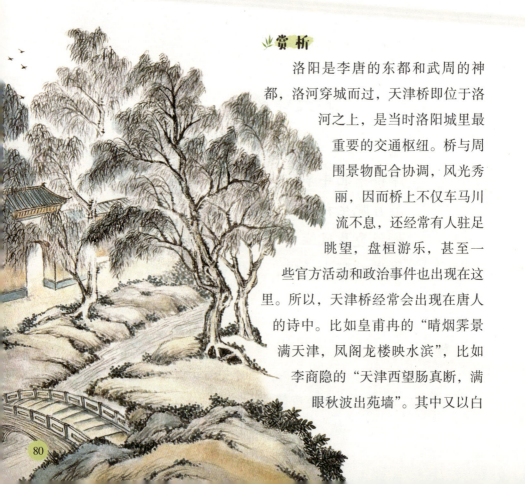

居易这首诗最为绮丽。

诗的开篇没有写景，而是由人起笔，写自己行至天津桥上看到一派大好春光，禁不住诗兴大发，用诗人按捺不住的兴奋和诗情来衬托天津桥周围的风光之美。第三、四句描摹天上明月和桥下水波，以美人的秀眉和俏脸设喻，辞藻华美，对仗工巧。

第五、六句转入对柳丝、碧草的描写，两种景物常见，但作者落笔不凡。袅袅极言柳条的柔软轻娜，茸茸描摹碧草的柔嫩如线，而且声称柳丝由春风缫出，碧草由细雨剪齐，一"缫"一"剪"，赋予了春风和春雨人的活泼意态，使这幅画面形神兼备、韵致顿生，让人边读边叹，赞不绝口。

在这清丽的春光中，自然不能少了鸟儿婉转的欢歌，所以诗人忍不住约束开道的差役，让他们不要大声呼喝，以免惊扰了枝头的黄莺。至此，诗人笔下的春光图声色相融、情趣交汇，令人心向往之。

更漏子①·柳丝长

[宋]晏几道

柳丝长，桃叶小。深院断无人到。红日淡，绿烟晴。流莺三两声。

雪②香浓，檀晕③少。枕上卧枝花好。春思重，晓妆迟。寻思残梦时。

注 释

①更漏子：词牌名。②雪：比喻女子肤白如雪。③檀晕：浅红色的妆晕。

译 文

柳丝绵长，桃叶细小，这深寂的庭院里断然无人到访。红日初升，淡淡日影照进院子，浓绿的树丛笼着淡淡青烟，茂密的枝叶中间或传来三两声黄莺的啼鸣。

女子雪白的肌肤香气袭人，脸上的红妆已经消褪了不少。精美的枕头上绣着旁逸斜出的花枝，娇俏艳丽。大概是春日情思深重，她晨起迟迟懒得梳妆，仍然沉浸在昨夜残梦中。

赏 析

这首词以清雅的笔调和深婉的情致，描写春日女子之闺思，纯美的意境中蕴含着淡淡哀伤，令人读来如饮酽茶，甘醇中透出微苦，含蓄蕴藉，回味无穷。

词的开篇以景起笔，长长的柳丝轻垂，在清风中袅袅婷婷，拨动着人们的心弦。树上灼灼的桃花已凋谢，长出了细小的嫩叶，可见此时已是暮春时节，流水落花春去，更容易勾起伤春之意。这两句在写景的同时，也为下阕中闺中女子情思满怀做了铺垫。

第三句笔势陡转，将镜头拉伸至全院。"深"表明院子的空旷阔大，"断"既强调后面的"无人到"，又明显透露出怨意。"淡"字用得极妙，雨后初晴，水汽弥漫，所以太阳淡而无光。薄雾笼罩着深碧树丛，似腾起了一层柔美的轻烟。这样一所花木扶疏的深宅大院，即使有红日的淡影，有晴和的绿烟，有婉转的莺啼，也不过徒增寂寥罢了。莺声打破岑寂，以声写静，更突出了院中的寂静清冷。

词的下阕描写思妇。她肌肤如雪，腮凝残红，即使晨起妆残仍美艳动人。她的庭院秀丽，枕头精美，其锦衣玉食的生活从枕头上绣的花枝可见一斑。但女子并不快乐，孤单、寂寞、冷清包围着她，她思量着昨夜的残梦，惆怅满怀，迟迟不愿梳妆。至于残梦的内容，词人未着一字，引起读者无限遐思。末三句含而不露，隐含着满腔幽怨，所以《宋词选注》称这首词"景丽而情深"。

请根据以下线索，说出一联名句。

□ 王国维用这联名句来形容人生三种境界中的一种。

□ 这联名句的作者是北宋人。

□ 此句常用来形容深挚的爱情。

眠石①

[宋] 饶节

静中与世不相关，草木无情亦自闲②。
挽石枕头眠③落叶，更无魂梦到人间。

注释

①眠石：枕石而眠。②自闲：悠闲自得。③眠：动词，睡着。

译 文

我心静无尘,红尘俗世中的一切都与我无关,看那无情的草木,也正悠然自得。我以石为枕,躺在落叶上睡着了,做梦也不会梦到纷扰的人间。

赏 析

饶节从小好学,少有大志,但成年后屡屡受挫,在做了几年门客后遁入空门,法号如璧,自号倚松道人、倚松老人。这首诗是他出家后所作。

第一句直抒胸臆,把自己斩断名缰利锁、抛却万丈红尘的心境和盘托出,开门见山,喷薄而出,颇有气势。此句中的"静"不是指具体的静态,而是指精神层面的静如止水,俗世中的名利、恩怨、爱恨皆不能在自己心里掀起任何波澜。第二句紧承首句,由人而转入草木。草木正是因为"无情",所以才悠闲自得。草木与人相互映衬,合二为一,引人深思:人何尝不是因为"无情",而达到"闲"的境界了呢?诗人的笔触由自身而至草木,让抽象的义理具体可感,同时诗歌的境界也变得阔大了不少。

第三、四句诗是对前两句的进一步深化和升华。诗人以石为枕,以落叶为床席,以天为被,自在而眠。诗人投身于自然的怀抱,随地而卧,随处而眠,即使做梦也不再与人世间有任何羁绊,进退无碍,心离烦恼,得大自在。

这首诗语句简淡,但意境不减,句句清新,语淡情切,高逸脱俗、洒脱自得的情志洋溢在字里行间,不带一丝人间烟火气,所以陆游赞饶节为当时诗僧第一。

绝句·古木阴中系①短篷②

[宋] 志南

古木阴中系短篷，杖藜③扶我过桥东。
沾衣欲湿杏花雨④，吹面不寒杨柳风⑤。

注释

①系：联结，拴。②短篷：小船。短，小。篷，船帆，代指船。③杖藜：拄着藜杖的意思。杖，拄着。藜，一年生草本植物，茎秆坚硬，可做拐杖。④杏花雨：清明前后、杏花盛开时的雨。⑤杨柳风：古时人们将应花期而来的风称为花信风，杨柳风也是花信风的一种，指的是清明节前后的风。因为清明尾期的花信是柳花，所以称杨柳风。

译文

将小船靠岸系在古木的绿荫之下，我拄着藜杖信步行至小桥东边。蒙蒙细雨轻轻洒落，我的衣服将湿未湿；春日和风拂面吹来，感觉不到一丝寒冷。

赏析

志南是一诗僧，他的诗若芙蓉点面，别有几分迷离娇俏的意境。诗是小诗，题材也很普通，写的不外乎是细雨微风中拄杖闲游的春趣，但如此普通的题材，在志南笔下，却变得格外巧致与生动。

　　诗上半部叙事，写已然老迈的诗人驾一叶扁舟自潋滟湖光中而来，近岸后，将小船泊在蓊郁的古木浓荫之下，然后拄着拐杖登岸东行，走过一座小桥，无尽春色伴着东风扑面而至。语句不算华美，但清新小巧，显得格外别致，尤其是"杖藜扶我"一句，以一个"扶"字将藜杖彻底拟人化，读之更显亲昵贴切。

　　而诗的下半部，笔锋一转，由叙事转向写景，一路东行，蒙蒙细雨中，杏花娇媚烂漫，婀娜的杨柳舞动着东风，轻拂着人的脸颊，更撩动着人的思绪。其中，"欲湿""不寒"二词用得最妙。"欲湿"凸显了细雨蒙蒙、若有似无的意境；"不寒"则表明了季节。春风送暖，映着杨柳的风姿、杏花的娇媚，色彩纷繁，画面明丽，愈加凸显了春的和暖、宜人与生动。而这份宜人与生动，恰恰又表现出了诗人春日远足的惬意、安然与愉悦。全诗融情于景，情景交融，全无一丝斧凿的痕迹，令人赞叹不已。

天净沙①·秋

[元] 白朴

　　孤村落日残霞，轻烟老树寒鸦②，一点飞鸿③影下。青山绿水，白草④红叶⑤黄花⑥。

注释

①天净沙：曲牌名。②寒鸦：天寒归林的乌鸦。③鸿：大雁。
④白草：草枯萎发白。⑤红叶：枫叶。⑥黄花：菊花。

译文

夕阳西下，晚霞满天，一个小村庄孤零零地伫立在夕阳的余晖中。在傍晚的烟霭之中，寒鸦归巢，落在老树上。远处，一点飞雁的影子掠过，俯冲落下；近处，山色青青，绿水荡漾，草已经枯萎发白，可枫叶正红，菊花也开得正盛。

赏析

这首小令，以短短的二十八字写尽秋色，既写出了秋的萧瑟凄凉，又写出了秋的明媚多姿，伤感落寞与积极明快的感情在这短短五句话中自然转换，毫不突兀，令人惊叹。

前三句，诗人用极富感染力的笔触渲染秋日的肃杀之气。白朴锤炼词语非常用心，所以用语极简，但意象却非常丰富。"孤村""落日""残霞""轻烟""老树""寒鸦"，六个词语连用，六幅图画铺排，"孤""残"带来伤感，"老""寒"充满暮气，再加上日薄西山的夕阳和淡淡升起的雾霭，将秋日的萧瑟荒凉推至顶点，令读者倍感压抑。但接下来一句中的飞鸿掠影，又给沉重的画面增添了一丝活泼的动感，同时也为下文风格的转换做了铺垫。

后两句，作者由远及近，描写周围的山水草花，氛围突转明媚。这两句与第一、二句写法一样，五个词语，五幅图画，描摹出一派绚烂秋景。青山、绿水、白草、红叶、黄花，五种明丽的色彩，一扫上文的肃杀和苍凉，也一改前人一悲到底的文风，使得词作波澜顿生，摇曳多姿。

整首小令婉约清丽、意境新颖，可与被誉为"秋思之祖"的马致远的《天净沙·秋思》媲美。

成语"寸草春晖"出自下列哪首诗？

☐ A. 白居易《赋得古原草送别》

☐ B. 苏轼《春夜》

☐ C. 孟郊《游子吟》

☐ D. 王勃《送杜少府之任蜀州》

诗词拾趣 ⋯⋯⋯⋯

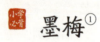

墨梅①

[元] 王冕

我家洗砚池②头树，朵朵花开淡墨③痕。
不要人夸好颜色，只留清气④满乾坤⑤。

注释

①墨梅：用墨笔画出来的梅花。②洗砚池：传说会稽（今浙江绍兴）蕺山下有晋代大书法家王羲之的洗砚池。由于经常洗笔砚，池塘的水都被染黑了。此处化用王羲之"临池学书，池水尽黑"的典故。③淡墨：水墨画中将墨色分为五种，清墨、淡墨、重墨、浓墨、焦墨。这里的意思是说那朵朵梅花是用淡墨画成的。④清气：梅花的清香之气。⑤乾坤：天地间。

译文

我家的洗砚池边有一棵梅树，梅花点点是用淡墨点染而成。它不需要别人夸其颜色鲜妍明媚，只想让清新的香气弥漫在天地之间。

赏析

王冕幼时家贫，曾替人放牛。但他酷爱读书，常跑到学堂外听得如痴如醉。后来他寄居在寺庙中，经常通宵达旦地读书，终于学得满腹经纶。他工诗善画，博学多能，却屡试不第，后来无意为官，隐居乡里。

这是一首题画诗。前两句描写池边梅树，点点淡墨晕染出朵朵梅花，诗人巧妙借用王羲之学书的典故，又因为和王羲之同姓，故是"我家洗砚池头树"，使得这棵梅树仿佛穿越千年，见证了书圣勤练书法的过程，赋予了诗作时间的纵深感和浪漫的色彩。

后两句由外形而至精神，咏赞梅的风骨。梅不求外形的娇艳，不贪恋人们的赞赏，神清骨秀、超凡脱俗，只把清新的香气留在人间。这样的梅，何尝不是王冕的自我写照？王冕作为当时名士，为人耿介，蔑视权贵，不慕功利，隐居后甘于清贫，与梅一样不媚世俗，拥有一副傲骨、满身正气。这四句诗借咏梅自喻，梅的风姿与诗人的傲岸互相映衬，达到了"诗格""画格""人格"的统一。

画中诗，诗里画

　　诗中有画，画里藏诗。考眼力的时候到了，你能根据提示的关键字，写出藏在图画里面的三联古诗词吗？

豆沙

花卉

过^①故人庄

[唐] 孟浩然

故人具^②鸡黍^③，邀我至田家。
绿树村边合^④，青山郭^⑤外斜。
开轩^⑥面场^⑦圃^⑧，把酒话桑麻^⑨。
待到重阳日，还来就^⑩菊花。

 注 释

　①过：这里是拜访、访问的意思。②具：备办。③鸡黍（shǔ）：鸡肉和黄米饭，泛指待客的饭菜。黍，黄米。④合：环绕。⑤郭：外城。⑥轩：窗户。⑦场：打谷场。⑧圃：菜园。⑨话桑麻：畅谈农事。古代常以桑麻喻农事。⑩就：接近，此为欣赏的意思。

译文

老朋友准备了可口的饭菜，邀我去他家做客。朋友幽居在乡间，那里风景秀丽，村子被绿树环绕，苍翠的山峦横斜在城外。我们推开窗户面对着打谷场和菜园，一边举杯畅饮，一边谈论农事，并约定重阳佳节还来这里喝酒赏菊。

赏析

这首诗是作者隐居鹿门山时到一位山村友人家做客时所写。首联从应邀写起，"故人"说明不是第一次做客。颔联是描写山村风光的名句，绿树环绕，青山横斜，犹如一幅清淡的水墨画。颈联写山村生活的情趣。面对场院菜圃，把酒谈论庄稼，亲切自然，富有生活气息。尾联以重阳节还来相聚写出友情之深，言有尽而意无穷。全诗没有一个夸张的词语，却把美丽的山村风光和平静的田园生活表现得富有诗意，语言朴实清新，意境鲜明，富于浓厚的生活气息，从而成为自唐代以来田园诗中的佳作。

张艺谋执导的电影《满城尽带黄金甲》，片名取自下列哪一首诗？

☐ A. 白居易《咏菊》

☐ B. 黄巢《不第后赋菊》

☐ C. 李商隐《菊花》

诗词拾趣

采莲曲

[唐] 王昌龄

荷叶罗①裙一色裁②，芙蓉③向脸两边开。
乱入④池中看不见，闻歌始觉⑤有人来。

注 释

①罗：轻软的丝织品。②裁：裁剪。③芙蓉：荷花。④乱入：混入。⑤始觉：才知道。

译 文

采莲少女的绿裙与碧绿的荷叶融为一体，仿佛是用同色布料裁剪而成。少女的脸庞与荷花一样粉嫩娇俏，互相映衬。她们没入池中不见踪影，听到欢快的歌声才知道是有人来了。

赏 析

这首诗描写的是江南盛行的采莲，王昌龄以如花妙笔，描绘了一幅美妙绝伦的少女采莲图。

采莲图的中心自然是美丽活泼的采莲少女，但诗人匠心独运，并没有直接描写少女的娇俏美丽，而是曲笔通过荷叶和荷花来写。少女们穿行于重重叠叠的荷叶与灼灼荷花之中，时隐时现，若有若无；荷叶与少女的绿罗裙同为一色，分不出哪里是荷叶，哪里是绿裙；明丽的荷花与少女的脸庞互相辉映，花与人共美，人与花难分，创造出了一个新颖别致、引人遐思的艺术境界。

诗作的三、四句，作者转入主观描写，少女们没入池中，与美丽的荷花融为一体，让诗人难以分辨。但丝毫不用担心，你只要听到清脆的歌声，就能知道哪里是少女，哪里是荷花了，少女们的天真烂漫和朝气蓬勃跃然纸上。至此，美丽的采莲少女们比艳丽的荷花更多了一重声律之美，多了一重活泼的意趣。全诗生动活泼之中蕴藏诗情画意，还富有生活情趣，实在是一首令人赞叹的佳作。

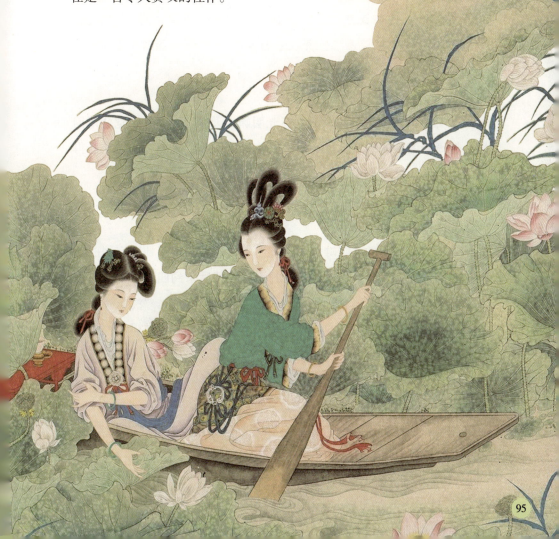

江畔①独步寻花（其五）

[唐] 杜甫

黄师塔②前江水东，春光懒困③倚④微风。

桃花一簇开无主⑤，可爱深红爱浅红？

注释

①江畔：成都锦江之滨。②黄师塔：僧人所葬之塔。③懒困：疲倦困怠。④倚：倚靠。⑤无主：自生自灭，无人照管和玩赏。

译文

黄师塔前的江水悠悠东流。春光明媚，天气和暖，我感觉疲倦困懒，想倚着温煦的春风休息一下。抬头看见一簇无人照管的桃花开得正艳，你喜欢深红的桃花还是浅红的桃花呢？

赏析

包括本诗在内的《江畔独步寻花》七首诗，都作于杜甫定居成都草堂之后。诗人饱经"安史之乱"的流离之苦后来到四川成都，在成都西郊浣花溪畔建成草堂，且作为安身之处。而无论是"浣花溪水水西头，主人为卜林塘幽"的清幽环境，还是"但有故人供禄米，微躯此外更何求"的安逸生活，都让诗人心生宁静安详之感，因而正值春暖花开之际，诗人移步赏景，作此组诗，以笔墨带领我们穿过千年的风云，来到那时的成都，好景共赏。

首句交代诗人所在的方位：春日明丽，诗人踱步来到黄师塔前，入目即是壮丽的风景。黄师塔于江边耸立，春日的江水缓缓向东流去，在微暖的空气中蒸腾出水汽的清新味道。塔为静，水为动；塔为纵，江为横，此一动一静、一纵一横，在诗人寥寥数笔勾勒之间，变成了一幅似是而非的几何图景。说是，塔在诗人的笔下让人感觉如刀削般直立而线条流畅；说非，江水的缓缓流动又给这塔带来了一丝生动活泼的意味，让人顿觉画面多了些许鲜活与生动。

紧接着，诗人将关注点由视觉所见转移到了身体所感：春光怡人，携着温暖空气扑面而来的春日微风令人沉醉，不觉想要且倚微风，放松自己的神经。此一"倚"字非常绝妙，诗人与春光本是相互独立，春光自盛，而诗人怡然赏春，但一个"倚"字，却将春风与诗人融合在了一起，让诗人走进了春日的艳丽图景之中，构成了完整的画面。下句中，诗人于春风中抬眼望去，一簇鲜丽的桃花盛放于眼前，却无人照看，任其自生自灭，唯有寂寞相随，令诗人不禁心有所伤。但随即又被眼前的美景吸引了，"可爱深红爱浅红"，两个"爱"字，两个"红"字，足可见景之盛、人之乐。最后用一反问句作结，将审美的对象由己推人，大有邀天下之友共赏美景的架势，极具兴味，令人回味无穷。

除却美景，本诗的情感表现也复杂细腻，值得推敲。全诗在表达对赏花的喜悦、对美好事物热爱的同时，掺杂了细碎的感伤的情绪予以中和，才创作出这样一首短小精悍却余味无穷的诗歌。

钱塘湖①春行

[唐] 白居易

孤山寺②北贾亭③西，水面初④平云脚⑤低。

几处早莺⑥争暖树，谁家新燕⑦啄春泥。

乱花渐欲迷人眼，浅草才能没马蹄。

最爱湖东行不足⑧，绿杨阴⑨里白沙堤⑩。

注释

①钱塘湖：今浙江杭州的西湖。②孤山寺：位于西湖里湖和外湖之间的孤山之上，是南朝陈文帝初年所建，亦名永福寺，于 20 世纪 50 年代被拆除。③贾亭：又叫贾公亭，相传为唐朝贾全所建。④初：刚刚。⑤云脚：古人称流荡不定像在行走的云气为"云脚"。⑥早莺：初春时早来的黄莺。⑦新燕：刚从南方飞回来的燕子。⑧不足：不够。⑨阴：树荫。⑩白沙堤：指西湖的白堤，又称"沙堤"或"断桥堤"。相传为白居易所筑。

译文

我信步来到孤山寺的北面、贾亭之西，此时的西湖波平如镜，湖水初涨后刚刚与堤岸齐平，远处的团团白云与湖水连成了一片。早来的黄莺争着落在向阳的树上欢鸣，刚刚从南方飞回来的燕子忙着啄泥筑巢。春花开得正盛，重重叠叠，让人眼花缭乱；嫩草还没长高，浅浅的刚刚没过马蹄。我最爱在这湖东赏春，流连忘返，怎么都看不够这两边遍植绿杨的白沙堤。

🌿 赏析

　　钱塘湖是西湖的别称，诗人白居易曾在长庆二年（822）被任命为杭州刺史，此诗就写于此后一两年。西湖美景向来是文人骚客歌咏的对象，白居易的这首七言律诗是人们很熟悉的一首，诗中名句"乱花渐欲迷人眼"更是脍炙人口。

　　诗人描绘了一幅宁静的水墨西湖图，无边春色中，天上的云幕低垂得仿佛和水面齐平，而平静的湖面宛若少女温柔娴静。正在诗人沉醉美景之时，几声鸟鸣将他拉回现实，诗人看到了无限美好的春光。黄莺的叫声是悦耳动听的，新燕衔泥这样一个景象让读者感受到春天的欣欣向荣。姹紫嫣红的春花，更是美不胜收。连马儿也喜爱这无边春色，不知不觉中踏入青草地。尾联讲"行不足"有写不尽西湖美景之意，也有流连忘返之感。

春怨

[唐] 刘方平

纱窗日落渐黄昏，金屋①无人见泪痕。

寂寞空庭春欲②晚③，梨花满地不开门。

🌿 注释

　　①金屋：这里指妃嫔所住的华丽宫殿。此处是化用汉武帝"金屋藏娇"的故事，传闻汉武帝四岁时，曾对姑母馆陶公主说：

"若得阿娇（馆陶公主的女儿）为妇，当以金屋贮之。"②欲：将要。③晚：这里指春之将尽。

译文

纱窗外的太阳慢慢西沉，黄昏渐渐来临，华美的宫殿里，无人看到我伤心的泪痕。寂寞空旷的庭院里，春天很快就要过去了，院门紧闭，院内梨花落了一地。

赏析

这是一首宫怨诗，"金屋"二字彰显了主旨。全诗用一种哀婉凄凉的笔调，描写了宫中女子的寂寞和哀伤。

诗作由纱窗外的落日写起。不得君王宠爱的宫人整日无事，无聊地坐在窗前看着日影西斜，挨到黄昏，不觉兴起"美人迟暮"之思，难免伤心垂泪。可这伤心的泪痕，又有谁能看得见呢？一个"无"字，淋漓尽致地写出了宫人所受的冷遇。

第三句的"寂寞空庭"进一步渲染宫中的冷寂。春天到来，百花竞放，蜂蝶飞舞，本来应该是热闹的、欢欣的、充满希望的，但这一切都与被君王遗忘的宫人无关。春天来了又去，这空落的院子依然寂静无人，缤纷热闹的春与寂寞的空庭形成对比，更增添了一层凄凉和冷寂。自然界的春天已经到了尽头，美人的青春还能持续多久呢？思之，想之，寂寞的宫人恐怕更会悲从中来吧。第四句描写院中之景，宫门紧锁，梨花满地，可见由于君王久不光顾，院中也疏于打扫。诗人造句独到，这里的"梨花"是蕴含深意的。其一，梨花色白，黄昏之时庭院幽暗，洁白的梨花在黯淡的底色上涂上了鲜明耀眼的一笔，诗中有画，极富艺术美感；其二，梨花也容易引起离思和伤感，满地梨花，何尝不是宫人心中的一片荒凉呢？梨花将宫人的伤春之情推到了极致。

这首诗感情浓郁，深婉动人。诗人为了层层渲染，不惜反复勾勒，写了日落，又写黄昏，加重了整首诗的幽暗色调；从第二句开始写了无人，写了寂寞，又写空庭，更写宫门紧闭，把宫人无依无靠、与世隔绝的悲惨处境表现得淋漓尽致。另外，"黄昏""春欲晚""梨花满地"都暗示了宫人美人迟暮、孤独终老的命运，使得整首诗在凄清伤感的基础上又多了一层含蓄蕴藉的意味。

赏牡丹

［唐］刘禹锡

庭前芍药妖无格①，池上芙蕖②净少情。
唯有③牡丹真国色④，花开时节动京城。

🌱**注释**

①无格：格调不高。②芙蕖：荷花。③唯有：只有。④国色：倾国倾城的美色。原意指国中最美的女子，这里指牡丹端庄美艳、仪态万方。

译 文

庭前的芍药花虽然美丽，但妖娆无格调；池塘里的荷花洁净清雅，却缺少情致。只有牡丹花是真正的国色天香，端庄富贵，鲜妍无匹，花开的时候整个京城的人都被惊动，纷纷前来赏花。

赏 析

牡丹花型硕大，花瓣数层堆叠，花色富丽堂皇，被称为"花中之王"，现在已成为中国的国花。牡丹从隋朝时逐渐受到人们的关注和喜爱，至唐极盛。刘禹锡的这首《赏牡丹》极力咏赞牡丹之美，同时也反映了牡丹花开时人们争相赏花的盛况。

诗作前两句，作者用抑彼扬此的手法，通过其他花来映衬牡丹之美。芍药和荷花都是深受人们喜爱的名花，一个美得艳丽，一个美得高洁，但在作者眼里，这两种花美则美矣，却各有缺点。鲜妍的芍药格调不够高，缺少贵重；清雅的荷花生于水上，人不能靠近，又似乎太过寡情了些，是谓"少情"。

点评了两种花中名品后，第三句自然应该是牡丹出场了，作者的笔锋也转为极力推崇、赞扬。先把牡丹比喻成倾国倾城的女子，可见它艳丽无双，无花能比；接着又通过人们赏花的盛况来侧面反映牡丹花的美丽，花开时节京城震动，人们奔走相告，争相赏玩。

短短四句诗，作者写了三种名花。其实，作为草木，花无所谓格调高低和感情多寡，但诗人巧用拟人和烘托手法，既写出了芍药和荷花独具特色的美，又用它们来烘托、映衬牡丹，赞颂牡丹兼具妖、格、净、情四种特质，花中无双，可谓王者。至此，诗人把花的自然之美上升到艺术层面，"唯有牡丹真国色，花开时节动京城"遂成为千古名句，流传至今。

诗词拾趣

刘禹锡：因诗获罪桃花劫

史称"诗豪"的刘禹锡不仅天纵诗才，而且率真豁达。刘禹锡进入朝堂时，唐朝外有藩镇割据，内有宦官弄权。顺宗即位后任用王叔文、王伾、柳宗元、刘禹锡等人改革弊政，史称"永贞革新"。可惜这场革新如昙花一现般很快失败，刘禹锡被贬到偏远地区做司马，十年后才被调回京城。面对近些年京城崛起的那些投机取巧、趋炎附势的新贵，刘禹锡很是不屑，就借去玄都观赏桃花时作诗讽刺："紫陌红尘拂面来，无人不道看花回。玄都观里桃千树，尽是刘郎去后栽。"

一些大臣本来就反对召回刘禹锡，等他这首怨刺诗一出，就到皇帝处告状，于是刘禹锡屁股还没坐热，就再度被贬到了偏远的连州，后辗转到四川夔州，在巴山蜀水的凄凉地待了好多年。十三年后，才被再度召回京城。再次回到京城的刘禹锡，看到名噪一时的玄都观桃花因为无人照看凋败殆尽，联想到一些打击革新派的宦官权贵也在政治斗争中下了台，大笔一挥又赋诗一首："百亩庭中半是苔，桃花净尽菜花开。种桃道士归何处？前度刘郎今又来。"此诗又引起舆论哗然，过了三年，刘禹锡在京城的职位又被罢免了，被打发到苏州、汝州、同州等地当刺史去了。

刘禹锡的一生，除了在非常短暂的"永贞革新"期间，基本上是被弃用、遭贬谪的一生，但他面对苦难坎坷始终初心不改，六十岁还吟出"莫道桑榆晚，为霞尚满天"这样满满正能量的诗句。842年，刘禹锡卒于洛阳，享年七十一。坦荡一生，豪迈一生，诗中豪者，人如其名。

十五夜①望月

[唐] 王建

中庭②地白③树栖鸦，冷露无声湿桂花。

今夜月明人尽④望，不知秋思⑤落谁家？

注释

①十五夜：指农历八月十五的晚上，即中秋之夜。②中庭：指庭院中。③地白：月光照在庭院里，地上白晃晃一片。④尽：都。⑤秋思：秋天的情思、思念。

译文

圆圆的月亮照耀着庭院，地上一片洁白；乌鸦栖息在树上，秋露打湿了桂花。今晚的月亮格外皎洁，人们争相望月怀人，不知这秋日的思念落到谁家去了呢？

赏析

这是一首中秋之夜望月怀人的诗。诗人用寥寥数笔，就勾勒了一幅空明、澄净、寂寥的画面，以写景始，以抒情终，不仅造句独特，造境亦高妙，令人惊叹。

第一句由月色入题。一轮明月高悬，似银盆，似玉盘，皎皎月华，何其夺目。但作者并没有铺陈月色之明、之美，只用"地白"一词渲染，与李白的"地上霜"有异曲同工之妙。月色以外，诗人还以素笔描写寒鸦、冷露、桂花，可媲美马致远《天净沙·秋思》中"枯藤老树昏鸦"的意境，而且更增一层明净和清幽。

第三句转为写人。构思巧妙的诗人没有直接描写自己与家人朋友离散的惆怅和相思，而是宕开一笔，用一个"落"字将这份秋日情思写活了。入骨相思仿佛长了翅膀，从空中那一轮晶莹圆月上，从嫦娥凄清冷寂的月宫中翩然而落，入怀，更入心。以问句结尾令人浮想联翩，读者仿佛能看到片片相思随月的银辉洒落，落入千家万户，而凝立于庭院中的诗人，无疑是相思最重的那一个。

这首诗用笔含蓄克制，描景空灵，抒情深挚，诗中有画，画中有情，一唱三叹，哀婉动人。

玉楼春^①·春景

[宋] 宋祁

东城^②渐觉风光好。縠皱^③波纹迎客棹^④。绿杨烟^⑤外晓^⑥寒轻，红杏枝头春意闹。

浮生^⑦长恨欢娱少。肯爱^⑧千金轻一笑^⑨。为君持酒^⑩劝斜阳，且向花间留晚照^⑪。

注释

①玉楼春：词牌名。②东城：城东。古人认为春气东来，所以赏春踏青出东城。同理，写梅花则曰"南枝"，因为南枝向阳，得

气早开。这些都是诗人细心体察、玩味后的诗心诗笔。③縠（hú）皱：绉纱，是一种有皱褶的纱。④棹（zhào）：船桨，代指船。⑤烟：指笼罩在杨柳梢头的薄雾。⑥晓：早晨。⑦浮生：指漂浮不定的人生。⑧爱：吝惜。⑨一笑：化用"千金一笑"的典故，特指美人一笑。⑩持酒：端起酒杯。⑪晚照：夕阳的余晖。

译文

我们一行人出东城信步走来，发现春光越来越美。风吹碧水，泛起涟漪，明净的水波就像轻盈的绉纱般迷人，小船在水面上摇摆。时辰尚早，微微寒意阵阵袭来；抬头看，杨树已经发芽，在薄雾之中就像笼罩一层绿色的轻烟；杏花开得正盛，在枝头分外妖娆。

人生漂浮不定，烦恼总是多于欢乐，怎能因为吝惜金钱而轻视此刻的欢笑呢？且让我为你向太阳敬酒一杯，请它把余晖留在花丛间让我们多赏玩一会儿。

赏析

这是一首歌咏春天、感慨人生的妙词，语句工丽，措辞华美而不浮艳，抒情缠绵而不轻薄，将春光之盛和流连春光、及时行乐的人生态度描写得淋漓尽致。

词的第一句起笔随意，但随一"好"字渐入佳境。春风春水，碧水清波，游人悠闲地泛舟其上；"縠皱"这一比喻极为新颖贴切，薄如蝉翼、轻盈柔滑的绉纱将水的晶莹清澈和柔美灵动描摹得跃然纸上；而"迎"字又进一步赋予了水波以人的空灵和情意，但见层层碧波拥着小船轻轻摇晃，让读者也不知不觉走入这幅美妙的图画。远处的杨树刚吐出嫩芽，笼着一层鹅黄淡绿，缥缈如烟，隐约如雾；近处的红杏开得正艳，"闹"字以声摹形，不仅写出了红杏在枝头的堆叠繁复，而且将那蓬蓬勃勃的生机表现得活灵活现、呼之欲出，难怪王国维在《人间词话》中说"着一'闹'字而境界全出"，宋祁也因此获"红杏尚书"这一美称。

上阕写尽春光，下阕抒发感慨。过片两句描写人生漂泊不定，苦多乐少，不如意之事十之八九，何不趁良辰美景尽情欢乐？正因为忧患常多，欢娱太少，所以一掷千金都不足惜。此处化用了"千金一笑"的典故。对于身居高位、公务繁忙的词人来说，发出这一感叹也是非常恳切了。结拍两句作者想为同游的友人劝酒斜阳，让其把余晖留在花丛间，好让自己这一行人多游玩一会儿，可见词人对春光的无限流连，从早晨直到傍晚犹嫌不足，春光之盛、欢娱之弥足珍贵由此可见一斑。整首词章法井然，开合有度，一气贯之，达到了极高的艺术境界。

梅花

[宋] 王安石

墙角数枝梅，凌寒①独自开。
遥知不是雪，为②有暗香来。

注释

①凌寒：冒着严寒。②为：因为。

译文

墙角的几枝梅花冒着严寒独自绽放。洁白的梅花与雪融为一体，但我远远就知道那枝头之上不是白雪，因为有一股淡淡的清香隐隐飘来。

赏析

诗人以诗作画，开篇便点出此梅非彼梅，不是供在案上花瓶里邀宠的那一朵，也不是盛放在梅林中的一树繁花，而是开在"墙角"——这个显得有些冷清、有些寂寥的特殊地点。但就是在这一狭小的空间里"凌寒独自开"的"数枝梅"，给人以无限遐想，似乎每个读者的脑海中都能描绘出一幅独属于自己的、由诗句衍生的画面。也许，那是几枝清丽淡雅的梅花，悄然绽放在江南园林的一角，斜斜掠过了墙上的小轩窗，静待佳人的轻嗅；也许，那寥寥几枝梅，清瘦而疏落，却坚持着一种遗世独立的倔强与孤傲，怒放出一种野性的自由……结合此诗的写作背景，可见这是作者的自况，是当时年过半百、变法之路一再受阻的作者的心境写照。

第三句用雪衬梅，既在画面上为单调的梅增添了一抹情趣，也是对上句中"凌寒"的巧妙诠释。而雪与梅，两者好像已交融为一体，但即使是远远望去，也能清晰分辨——"为有暗香来"。这一句从视觉转为嗅觉，作为诗人的最后一笔，完美收结全篇。似有若无间，那隐约朦胧的"暗香"，飘落于纸上与雪花相缠绕，渐飘至墙外，越来越远……

好画有留白之美，好诗亦有白描之妙。这首小诗以毫无雕琢、浅白朴素的语言写梅花的高洁素雅，借梅咏志，既适于吟诵又意境深远，千百年来征服了无数读者的心。

诗词拾趣

"只恐夜深花睡去，故烧高烛照红妆。"这句诗描写的
是什么花？

□ A.芍药　　□ B.石榴　　□ C.海棠　　□ D.牡丹

春日

[宋]秦观

一夕①轻雷落万丝②，霁光③浮瓦碧参差④。

有情芍药含春泪⑤，无力蔷薇卧晓⑥枝。

注释

①夕：夜晚。②丝：形容细雨如丝飘落。③霁(jì)光：雨后
初晴时的阳光。霁，雨后放晴。④参差：高低错落的样子。⑤春
泪：这里指雨点。⑥晓：早晨。

译文

昨夜的雷声带来绵绵细雨，今晨雨后初晴，明媚的阳光照在错落
的碧绿瓦片上。脉脉含情的芍药上面残留的雨点像美女伤春的泪珠，
经雨的蔷薇无力地横卧在嫩枝上。

赏析

这首诗以清新绮丽的笔触描写了雨后春晨的美景。诗人将拟人手法运用得出神入化，用美人来写春花，将春花写得娇艳妩媚，情意绵绵，令人惊叹。

诗人起笔轻柔，一"轻"一"丝"，只两字就写尽了春雨的特点，突出了春天的柔美气质。第二句描写雨后初晴，参差错落的瓦片被夜雨冲刷得干净明亮，日光照耀其上被层层反射，好像生出了脚一般，浮在瓦片间跃动，也映得碧绿的瓦片如碧玉一般晶莹剔透，流光溢彩，耀眼夺目。

第三、四句转入对春花的具体刻画。艳丽的芍药上面雨珠点点，像美人含情的眼泪一般惹人爱怜，令人想起李白笔下的"一枝红艳露凝香"，人与花共美，风流妩媚的韵致跃然纸上。娇柔的蔷薇横在枝头，一个"卧"字与白居易的"侍儿扶起娇无力"意趣相通，让人浮想联翩，眼前似乎浮现出一幅千娇百媚的晨起梳妆图，只见美人慵懒散淡，情思绵绵。

整首诗描摹传神，动静相宜，随意点染，自有一种清丽、柔婉的韵致。

如梦令①·昨夜雨疏②风骤③

[宋] 李清照

昨夜雨疏风骤，浓睡不消残酒。试问卷帘人，却道海棠依旧。知否？知否？应是绿肥红瘦④。

注 释

①如梦令：词牌名。②雨疏：雨点稀疏。③风骤：风又急又大。④绿肥红瘦：指枝叶茂盛，花朵稀少。

译 文

昨天晚上风雨大作，雨点稀疏，风却又急又猛，经过一夜酣睡，我昨晚的醉意还没有消退。晨起梳妆，想到园中盛开的海棠，忙问卷帘的侍女花儿现在怎么样了。侍女回答说，花儿依然盛开，还是老样子。你可知道，你可知道？风吹雨打后的海棠应该是枝叶繁茂而红花凋落了不少才对。

赏 析

李清照传世的四十九首词中，《如梦令》仅有两首，这两首词的内容差不多，都是写酒醉、花美的，风格清新别致，脍炙人口。在这两首词中可以看到词人早年生活的点点滴滴。这里选录的是其中的第二首，全词虽然短短六句，却将词人惜春、伤春之情表现得委婉别致，其语言清新，词意隽永，令人读来回味无穷。

第一句从字面上来看，词人听见疾风骤雨在先，饮酒浓睡在后。想到昨夜风雨，词人的惜花之情油然而生，便急切地问正在卷帘的侍女海棠花怎么样了，侍女却答海棠花还是老样子。词人的问，是有心之问；侍女的答，是无心之答。侍女何尝懂得惜花伤春，因而回答得若无其事。

"知否？知否？应是绿肥红瘦。"这既是词人对侍女的反诘，又是词人的自言自语。词人虽然没有出门去看，心中却已经想到海棠花经过一夜风雨，现在应该是绿叶愈加青翠，而红花凋零不少。"绿肥红瘦"四个字言浅意深，将语言艺术化的搭配发挥到了极致。这首词的妙处就在于有心人惜花的殷殷深情与无心之人两相对比，其中有太多的人生感悟足以令人叹为观止。《草堂诗余别录》评："结句尤为委曲精工，含蓄无穷之意焉。"

临安春雨初霁①

[宋] 陆游

世味②年来薄似纱，谁令骑马客③京华④。
小楼一夜听春雨，深巷明朝卖杏花。
矮纸⑤斜行闲作草⑥，晴窗细乳⑦戏分茶⑧。
素衣⑨莫起风尘叹⑩，犹及清明可到家。

注释

①霁：雨雪后放晴。②世味：世事况味，世态人情。③客：动词，做客。④京华：指京城。⑤矮纸：短纸。⑥草：写草书。⑦乳：指沏茶时水面呈现的白色小泡沫。⑧分茶：茶艺中的一种技巧，指碾茶注汤所产生的花样。⑨素衣：原指白色的衣服，这里是诗人对自己的谦称。⑩风尘叹：这是宾语前置的用法，实际上是"叹风尘"。

译文

人情世态近些年越来越薄，像一层轻纱似的，谁让我又骑马前来，客居京城呢？昨夜静卧小楼，听一夜雨声淅沥，早晨就在长长的小巷里听到有人叫卖杏花。我闲来无事，铺开几张短纸，斜斜地写上几行草书；在春天晴暖的阳光下，坐在窗前细细地煮水、煎茶、品茶。作为一介素衣，不必感叹京城的繁华风尘会沾染我的衣服，清明时节我应该就能回到家乡了。

赏析

陆游作这首诗时已六十二岁，在家赋闲五年，少年时的意气风发与壮年时的裘马轻狂都随岁月的流逝一去不返了。这一年春天，他被任用为严州知府，赴任之前，先到临安去觐见皇帝，住在西湖边上的客栈里听候召见，在百无聊赖中，写下了这首广为传诵的名作。

五年来，他对政治上的倾轧和世态炎凉更有体会。诗的开篇就感叹世态人情薄得就像半透明的纱。世情既然如此浅薄，又何必出来做官呢？所以下句说为什么骑了马到京城里来，过这客居寂寞与无聊的生活？"小楼"一联是陆游的名句，历来评诗的人都对此联赞不绝口。诗人只身住在小楼上，彻夜听着淅沥的春雨声。次日清晨，深幽的小巷中传来叫卖杏花的声音。绵绵的春雨，由诗人的听觉中写出；淡淡的春光，则在卖花声里透出。国事家愁，伴着这雨声涌上了眉间心头。在这明艳的春光中，诗人在做什么呢？在闲极无聊中，他作草书消遣。当时小雨初霁，所以说"晴窗"。"细乳"指沏茶时水面呈白色的小泡沫，"分茶"是古时的一种茶艺，这里是品茶的意思。无事而作草书，在晴窗下品着清茗，表面上看是一番闲适恬静，然而在这背后，正藏着诗人无限的感慨与牢骚。国家正是多事之秋，而诗人却在练字品茶消磨时光，他再也按捺不住心头的怨愤，于是写下了结尾两句以自嘲。整首诗虽然写春，却不是欢春，而是"薄"春。春天虽美，但在心情郁闷的诗人心目中，却更显惆怅。

偈颂十八首（其一）

[宋]释如净

今朝五月正清和①，榴花诗句入禅那②。
浓绿万枝红一点，动人春色不须多③。

注释

①清和：清明和暖。②禅那（nà）：佛教用语，简称为禅。③"浓绿"两句一说为王安石残句，一说为唐人诗。

译文

时值五月，天朗气清，微风和暖，在我这个修禅之人看来，吟诗

造句、咏赞榴花也可入禅。眼前浓密的万条绿枝中刚绽出一点火红，我由此想到，春色只要美丽动人即可，实在不需要太多。

赏 析

这首诗写在榴花初绽之时，为诗僧释如净所作，角度新颖，富含哲理和禅意。

石榴花开在五月，所以五月又称"榴月"。榴花颜色火红，灼灼欲燃，开得正盛时一树繁花就如一树火焰般耀眼夺目，艳丽无匹。人们咏赞榴花也多从这个角度，比如韩愈的"五月榴花照眼明，枝间时见子初成"，杜牧的"一朵佳人玉钗上，只疑烧却翠云鬟"，还有白居易的"商山秦岭愁杀君，山石榴花红夹路"。

但释如净这首诗却独辟蹊径，不咏榴花的丹红欲滴，却赞一点朱红隐于茂密的绿叶丛中那妩媚娇羞的动人情态。农历五月已入夏，草木早已长得郁郁葱葱、枝叶繁茂，此时浓荫蔽日的榴树上突然绽出一朵榴花，万绿丛中的一点嫣红格外引人爱怜，让诗人喜不自胜，由此想到春色也好、美景也罢，只要足够美丽动人，哪里需要那么多呢？在诗僧看来，过犹不及，过满则亏，此中禅意，实在耐人寻味。"浓绿万枝红一点，动人春色不须多"这别具一格的诗句也由此流传开来，广为人知。

中国古代的花名月份别称

　　古人以当月所开的鲜花来命月份，清雅别致，让日子充满诗意。但需注意，古人用农历纪年，所以这些月份指的也是农历。

　　二月：杏月；三月：桃月；四月：槐月；五月：榴月；六月：荷月；七月：兰月；八月：桂月；九月：菊月；十一月：葭月。

雪梅（其一）

[宋] 卢钺

梅雪争春未肯降①，骚人②阁笔③费评章④。
梅须逊⑤雪三分白，雪却输梅一段香。

注释

　　①降：服输。②骚人：泛指诗人。③阁（gē）笔：搁笔。阁，同"搁"。④评章：评议。⑤逊：比不上，不如。

译 文

梅花与白雪各自认为尽显春色，谁也不肯认输，文人骚客也难评出高下，只得搁笔思量。其实，梅与雪各有所长，梅不如雪洁白，雪不如梅清香。

赏 析

卢钺，自号梅坡，生卒年与生平事迹均不详。他因写下以《雪梅》为题的二首七言绝句而留名千古，此为其中一首。

古今许多诗人写雪、梅，多着墨于其高洁、雅致、与众不同的美，或以它们为君子、雅士的化身，赞叹二者的高尚品格。卢梅坡却不落窠臼，从梅雪争春的角度落笔，以朴实而隽永的人生哲理收笔，实在出人意表，新颖别致。

诗的前两句采用拟人手法，写梅与雪都认为自己才是报春使者，互不相让，以至于素来妙笔生花的骚人墨客们（亦可理解为诗人自己）也头痛不已，不知如何分出高下。一个简单的"争"字，仿佛让我们眼前浮现出梅与雪争先恐后、各显风姿的情景；紧接着的"未肯降"，看似是进一步加强"争"的激烈，实际上却可幻化为大雪纷纷扬扬、梅花盛放枝头的美景，同时也刻画出梅与雪的倔强风骨。

百般思量后，诗人给出了结语：梅与雪各有千秋，梅不如雪之洁白，雪不如梅之清香。这两句中最妙的是两个量词的运用，"三分"表示略有欠缺，相差不多；"一段"则将可闻而不可见的香气具象化，仿佛那萦绕鼻端的香也可以测量比较。

整首诗语言平易，兼备情趣与理趣，借雪梅争春言人之各有长短，意在诗外，耐人寻味。

诗词拾趣

天气

P19
C

P24
1. 葵
2. 粟
3. 豆 豆
4. 小麦
5. 稻

孩童

P39
句1：多少楼台烟雨中
句2：牧童遥指杏花村

P45
A

P52
C

动物

P59
1. 黄鹂 白鹭
2. 燕
3. 雁
4. 鱼儿 燕子
5. 白鹭 鳜鱼
6. 黄鹤

草树

P75
王维

画中诗，诗里画

P14

规：绿遍山原白满川，
　　子规声里雨如烟。

古：古木阴中系短篷，
　　杖藜扶我过桥东。

野：春潮带雨晚来急，
　　野渡无人舟自横。

P83

衣带渐宽终不悔，
为伊消得人憔悴。

P88

C

花卉

P93

B

P109

C

P90

莺：留连戏蝶时时舞，
　　自在娇莺恰恰啼。

豆：红豆生南国，
　　春来发几枝。

沙：泥融飞燕子，
　　沙暖睡鸳鸯。

选题策划：陈丽辉

文稿整理：明　月　木　梓

　　　　　高　美　林文超

　　　　　吴　峰　袁子峰

　　　　　邓　婧　李旻璇

　　　　　张丽莹

特约编辑：王玉敏

版式设计：段　瑶

排版制作：刘晓东

封面绘制：厚　闲

插图绘制：深圳画意文化